아버지를 구독해주세요

아버지를
구독해주세요

정태화
장편소설

6851

9586

1568

필름 끊긴 촌부,
유튜브 스타가 되다!

868

아들과 딸이 뒤엉켜 벌이는

웃기고 짠한 가족 시트콤

더블북

작가의 말

세상이 만만치 않다는 걸 알게 된 건 부모님을 떠난 직후였다. 그리고 부모가 되고서야 비로소 부모님의 마음을 이해할 수 있었다.

나 정도면 훌륭한 자식은 아니더라도 나쁘지 않은, 꽤 쓸 만한 자식은 아닐까, 스스로 생각하곤 했다. 하지만 자식을 키우다 보니 그게 아니었다는 걸 쉽게 깨달았다. 입안에 머금은 말을 내뱉지 못한 채 삼켜야 하는 순간이 아주 많다는 걸 알게 됐다. 그저 사랑을 주면 되는 줄 알았는데……, 그 사랑을 때론 내려놓고 포기해야 한다는 걸 알게 됐다. 자식을 키우는 게 이리 어려운 줄 몰랐다. 부모가 된다는 게 이리 어려운 줄 몰랐다.

그럼에도 가족은 서로 사랑해야 할 존재들이다. 수많은 갈등과 시련이 우후죽순처럼 매일 생겨나지만 그걸 함께 극복하는 것 또한 가족이란 이름이다. 부모에 대한 사랑은 유한하지만, 자식에 대한 부모의 사랑은 무한하다. 그런 이유로 가족이 유지되는지도 모르겠다. 그 큰 사랑을 부모가 되기 전에는 미처 깨닫지 못했다. 아니, 그조차도 아예 인지하지 못한 채 살아왔다. 지금에서야 감사드린다.

이 이야기는 나의 할아버지, 할머니, 외할아버지, 외할머니, 그리고 양가 부모님들의 추억과 사랑이 녹아 있는 이야기다. 표현 형태는 달랐지만 느끼는 사랑만은 똑같았다. 문득문득 그들이 그립다. 어릴 적 나를 반기던, 지금은 볼 수 없는 그들의 미소가 그립다. 그들의 향기가 그립다. 다시 볼 수 있다면 늘 감사하고 고맙고, 사랑한다고 전하고 싶다. 그런 마음들을 모아 이 책 안에 담고 싶었다. 당신들이 내 가족이어서 행복했다고 전하고 싶었다. 그 마음이 오롯이 독자들에게 전달됐으면 좋겠다는 큰 희망을 품어 본다.

푸른 하늘이 그리운 10월 어느 날,

정태화

아버지를 구독해주세요 | 차례

▶ 사달

그런 시절이 있다.

희망이란 단어마저 삶의 무게가 되어 시시각각 목을 조여오는 암울한 날들. 태경의 일상이 꼭 그랬다. 그저 눈이 떠지는 게 원망스러웠다.

연체 문자가 쏟아진다. 돌려막기로 버텨봤지만 이제 한계가 온 것 같다. 태경은 가게 구석탱이에 앉아 머리를 쥐어뜯었다.

"아빠!"

딸 정은이 예술고 교복 차림으로 거칠게 문을 열며 들어왔다. 태경은 애써 태연한 표정을 지으며 자리에서 일어났다.

"왔니?"

"아빠, 이거 봐봐! 빨리!"

정은이 휴대전화를 내밀며 채근했다. 하지만 태경은 만사가 귀찮아 외면하려 했다. 시시콜콜한 영상일 게 뻔했다.

"됐다. 아빠 그런 거 볼 정신이 없다."

"아니야, 봐야 돼! 대박이야! 할아버지야!"

"……. 할아버지?"

"응, 봐봐!"

정은이 재생한 영상은 기가 막혔다, 술 취한 아버지가 비쩍거리며 허공을 향해 주먹을 휘두르고 있었다.

"이 짜식들아, 내가 왕년에 말이야……. 너거들 다 죽었어!"

문신남들이 그런 기택을 보며 낄낄거리고 있었다. 태경의 얼굴이 절로 일그러졌다. 아버지까지 왜 그러는지, 울컥 화가 치밀어 올랐다. 아버지에게 전화를 하려다 말고 다시 의자에 앉아 짜증의 고함을 질렀다.

"아악! 아악! 왜! 왜! 왜! 날 가만 안 두는 거야!"

정은이 놀라 주춤주춤 물러섰다.

"아빠……."

"제발 나 좀 가만 내버려 두면 안 돼……. 너무 힘들어……. 아버지까지 이러면 안 되잖아……. "

태경은 너무나 고통스러웠다. 기택이 애써 참고 있던 태경의 발작 버튼을 누른 것이다.

● ● ●

SNS로 빠르게 퍼져나간 소동의 중심에 선 인물은 태경의 아버지이자 늙다리 촌부 오기택이었다. 인생의 많은 치부가 그렇듯이 기택은 간밤의 촌극을 기억하지 못하고 있었다. 도대체 무슨 일이 일어났던 것일까?

이유야 어찌 됐건, 기택은 그가 기억하지 못하는 시간 때문에 화제의 중심에 서게 되었고, 그로 인해 그는 늙다리 촌부에서 인플루언서로 거듭나게 되었다. 그 시작점은 바로 전날 밤인데…….

"여기가… 어디지……?"

그가 눈을 떴을 때, 평생 이렇게 당황스러운 적은 없었다. 어찌나 놀랬는지 움직이지 못하고 시체처럼 눈알만 굴릴 뿐이었다. 초점 잃은 눈으로 간밤을 기억하려 안간힘을 썼다. 하지만 단편적인 기억들만 스쳐 갈 뿐, 도통 퍼즐이 맞춰지지 않았다.

"너거들이 그러면 안 되지! 나 때는 말이야."

으……

기억해내려 하면 할수록 기억의 파편들은 숙취가 되어 기택의 머리를 조여왔다. 게다가 입안은 시큼텁텁. 역한 느낌에 금방이라도 토가 밀려 올라올 것만 같았다. 하지만 낯선 공간이 주는 공포는 그것을 극복하고도 남았다.

"사람 사는 집은 아닌 것 같은데……."

기택은 안도의 한숨이 절로 났다.

용기가 난 기택은 조심스럽게 고개를 돌렸다. 여기저기 너저분한 건축 자재들 하며, 간이 테이블 위에 뎅구는 막걸리 병들로 보아 일반 가정집이 아니었다. 그리고 눈에 들어오는 물건 하나……. 그건 바로 노래방 기계 옆으로 서 있는 마이크였다. 순간, 뇌리를 스치는 기억이 있었다.

'그래, 노래를 불렀던 것 같아…….'

하지만 더는 떠오르는 게 없었다. 한없이 답답하기만 했다.

'도대체 내가 왜 여기에 있는 거야! 왜! 왜! 왜!'

도저히 기억이 안 나는 간밤의 사건 때문에 답답했으나, 기택은 용기를 내어 몸을 일으켰다. 동시에 숙취로 인한 두통이 심하게 밀려왔다.

기택에게 숙취는 아주 오래된 낯선 기억이었다. 인생의 후반을 넘긴 이후로는 과음은 물론 술을 즐기지 않았다. 건강을 위해 두어 잔, 가벼운 반주로 가끔 즐길 뿐이었다. 하지만 어제는 그렇지 못했다. 그 결과 지금 온몸에서 통증을 보내왔다.

급기야 공간까지 흔들렸다. 다리에 힘이 빠지고 중심을 잡을 수 없었다. 무척이나 고통스러웠다.

'도대체 어디서부터 잘못된 거지…….'

기택은 크게 심호흡하곤 지난밤의 기억을 차근차근 복기하기 시작했다.

▶ 첫 번째 단서

사는 건 연습이 되지 않는다. 아무리 나이가 먹어도 사는 건 녹록지 않다. 특히 초라한 노후를 보내는 사람에겐 더더욱 그렇다. 모든 게 불편하고 무료하다.

버스에서 내리는 것조차 버겁다. 내리기 몇 정거장 전부터 마음이 조급해져 온다. 자신으로 인해 다른 사람의 시간이 허비되는 게 싫다. 그렇다고 서둘렀다간……. 넘어져 어디라도 부러지면 본인만 손해이기에 여간 신경이 쓰이는 게 아니다.

"어르신 천천히 내리소!"

배차 간격 압박이 없는 시골 버스인 게 그나마 다행이다. 기택은 버스에서 내려 안도의 긴 한숨을 내쉬었다. 늙음이란 할 수 있는 게 점점 어려워지거나 할 수 있는 일을 할 수 없게 되는 것이다. 자꾸만 반응이 느려진다. 장애물을 발견하곤 피한다고 피했는데도 결국, 휘청거리고 만다. 계산 착오, 자꾸 오류가 나고 만다.

'얼른 안 데려가고 뭐 하는지 몰라.'

하늘을 원망하는 푸념의 시간이 늘어간다. 재미가 없다. 불쑥불쑥 무섭기만 한 죽음을 생각하곤 한다. 늦봄에 접어든 초록의 싱그러움 때문인지 몰라도 요즘 기택의 소외감은 더욱 커지고 있었다.

분명 아침만 해도 여느 시골의 늙다리처럼 평범한 하루를 맞았다. 다른 날과 조금 차이가 있다면 읍내 나들이 때문에 콧노래를 흥얼거렸다는 점이었다. 그가 간만에 읍내를 나섰던 이유는 양손에 들려 있는 마늘 두 접 때문이었다.

기택은 마늘 두 접을 읍내 떡방앗간 앞 간이의자에 내려놓았다. 떡방앗간 안은 쉴 새 없이 돌아가고 있었다. 기택은 무언가를 말하려다가 그냥 돌아섰다.

그렇게 뒤돌아 가는데, 누군가 기택의 팔을 빠르게

낚아챘다. 그를 붙잡은 건, 친동생 애순이었다. 그때 그냥 무시하고 돌아왔어야 했다. 그랬다면 기억하지 못할 간밤의 시간들은 아마 생기지 않았을지도 모른다.

애순은 읍내에 마지막 남은 떡방앗간 주인이었다. 그녀의 나이도 이제 칠십 중반이라 떡방앗간 운영할 날도 멀지 않았다.

"저 마늘 한 접은 영숙이 거지?"

애순은 주름진 얼굴로 의뭉스러운 미소를 보냈다.

"너 먹지 않음……. 그냥 버리든지. 나, 가."

속내를 들켰다 싶은지, 기택은 급히 애순의 손을 뿌리치곤 갈 길을 가려 했다. 이내 등 뒤로 애순의 다급한 목소리가 들려왔다.

"오빠, 영숙이가 한번 보재! 가까운 시일에 내려온대!"

기택은 듣는 둥 마는 둥 급히 발길을 돌렸다. 그의 머릿속으로 열여덟 꽃다운 영숙의 웃는 모습이 떠올랐기 때문이다.

그녀는 기택의 첫사랑이었다.

기택에게 영숙은 삶의 굴곡 어느 곳에 자리 잡은 빛바랜 사진처럼 어떤 그리움이 문득문득 묻어나는 그런 존재였다. 그 그리움은 자신의 아내 금자가 살아 있을 때도 마찬가지였다. 그렇다고 아내를 사랑하지 않는 건 아니었다. 다만 어린 날, 처음으로 좋아했던 감정이라 쉬 잊히지 않았다.

애순이 전하는 말에 의하면 영숙의 재산은 제법 된다고 했다. 반면 기택은……. 몇 해 전, 먼발치에서 본 영숙의 모습은 애순의 말대로 귀부인이 따로 없었다. 하지만 거울 속 자신의 모습은 초라하기 그지없었기에 긴 한숨을 내 쉴 뿐이었다. 오랜 시간 노동의 대가로 얻은 새까만 피부, 곳곳에 생긴 검버섯, 조금 굽은 허리까지……. 어느 하나 그녀 앞에 나서기 부족한 볼품없는 존재였다. 그날 그는 다짐했다. 그녀와의 만남은 앞으로 쭉 없을 것이라고, 추억은 추억으로……. 그녀의 기억 속엔 젊은 날 기택의 모습으로 남아 있어야 한다고, 그래야 한다고, 이렇게 초라한 노인네가 아닌…….

쓸쓸한 마음에 기택은 소주 몇 병과 라면 두 꾸러미

를 사서 집으로 향했다.

마을 어귀에 들어선 기택의 등 뒤로 신경질적인 자동차 경적이 울렸다. 기택은 화들짝 놀라며 길가로 비켜났다. 하마터면 손에 들린 봉지를 놓칠 뻔했다. 아까운 소주가 한 모금도 마시지 못하고 사라질 뻔했다.

화가 난 기택은 스쳐 지나가는 차 뒤꽁무니에 대고 소리를 지르려 했다. 그런데 또 다시 등 뒤에서 '빵!' 경적이 울렸다. 그 뒤로 두 대의 차가 더 뒤따랐다. 기택을 무시하듯 속도조차 줄이지 않았다. 시멘트 포장도로인데도 흙먼지가 일었다.

"콜록, 콜록, 저런 나쁜 놈들!"

멀어지는 자동차를 보는 기택의 눈가에 살기가 어렸다. 예의 없는 모습에 피가 역류했다.

"내, 저놈들을 당장……."

화는 오래가지 않았다. 기택의 낡은 휴대전화가 주머니에서 울었다.

"응, 나다. 네가 이 시간에 어쩐 일로?"

아들 태경이었다. 하지만 반색은 이내 난감함으로

바뀌었다.

"돈? 요즘 장사가 힘들지? 내가 그런 큰돈이 어디 있겠니. 노령연금 모아놓은 것 있는데, 그거라도 보내줄까? 얼마? 한 오십……."

말이 채 끝나기도 전에 통화가 끊겼다.

"……."

기택은 고개가 절로 숙어졌다. 한숨은 덤이었다. 마음이 편치 않았다. 말년 운은 자식들 복이라는데……. 하나뿐인 아들이 무척이나 힘든가 보다. 어떤 도움도 줄 수 없는 자신의 처지가 서글프기만 했다. 집으로 향하는 길이 오늘따라 유난히 멀게 느껴졌다.

▶ 두 번째 단서

"아이고 형님, 읍내 다녀오시오?"

마을 회관 모퉁이 풀숲에 오줌을 누고 있던 철호가 기택을 발견하곤 소리를 질렀다. 술기운이 올랐는지 얼굴이 빨겠다. 기택은 대충 고개를 끄덕이곤 갈 길을 가려 했다. 마을 회관에서 우렁차게 뻗어 나오는 상철의 노랫소리가 귀에 거슬렸기 때문이다.

"아들 딸이 잘되라고ー, 행복하라고ー, 마음으로 빌어주는 장 영감인데ー."

아침 댓바람부터 상철이 찾아와 제 아들 경호가 면 사무관으로 승진했다며 거드름을 피웠다. 점심에 아들 승진 턱을 내겠다며 마을 회관으로 꼭 오라 신신당부

했던 터였다. 하지만 기택은 참석하고 싶지 않았다. 잘 난 척하는 꼴을 보고 싶지 않았다. 게다가 태경의 전화까지 받은 터라, 누굴 축하할 기분이 아니었다.

"아이, 형님 어딜 갈라고!"

철호가 기택의 팔을 붙잡고 마을 회관으로 이끌었다. 그에게서 막걸리 냄새가 진하게 풍겨왔다.

"나 좀 일이 있어서."

"아따, 형님, 뭐가 그리 바쁘다고, 뭔데?"

철호가 무례하게 기택의 봉지를 들쳐보더니, 혀를 찼다.

"에게, 저 안에 산해진미가 넘쳐나는데, 그깟 라면, 천하 노랭이 상철이 형님이 거하게 쐈다니까. 갑시다!"

철호는 봉지를 뺏어 들곤 막무가내로 기택을 이끌었다. 기택은 어쩔 수 없이 철호를 따라 마을 회관으로 들어섰다.

"부라보! 부라보—! 상철이 청춘—!!!"

한껏 오른 상철의 목소리가 마을 회관을 가득 채웠다. 마을 사람 서넛이 상철의 주위를 빙 돌며 막춤을 추고 있었다. 상철은 회관으로 들어서는 기택을 발견하자 윙크를 날리며 엄지를 치켜세웠다.

기택은 그 모습을 대충 외면하며 엉거주춤 자리에 앉았다. 취기가 오를 대로 오른 상철은 외면하는 기택의 모습에 기분이 좋지 않아 보였다. 그런 상철의 등 뒤로 '축! 장상철 아들 장경호 사무관 승진!'이란 현수막이 커다랗게 붙어 있었다. 현수막을 본 기택의 기분은 더욱 씁쓸해졌다.

"형님, 어서 드쇼!"

철호가 나무젓가락을 뜯어 기택에게 내밀었다. 먹음직한 수육이며 홍어 무침이 기택을 유혹했지만, 입맛이 돌지 않았다.

"와? 입맛이 없나? 없어도 먹어라! 우리 아들 갱호, 면사무관 승진 턱이니까! 들어는 봤나, 5급 사무관!"

상철은 음식을 보고도 미적대는 기택의 모습이 아니 꼬였는지, 다가와 시비조로 말했다. 얼굴이 벌겋게 달아오른 거로 봐서 이미 주량을 넘긴 듯했다. 기택은 실랑이에 휘말리고 싶지 않았다. 그래서 마음에도 없는 축하의 말을 건넸다.

"그래, 경호 5급 사무관 축하해."

"캬, 영혼이 없네, 영혼이! 우리 갱호, 네 아들 태경이
보다 공부는 못했어도, 인제 사무관이여! 사무관!"

"그래, 축하해. 진심으로."

"암, 축하해야지! 우리 아들 잘나간다고 배 아파하지
말고, 먹어라. 팍팍!"

묘한 분위기를 감지한 철호가 둘의 사이를 파고들
었다.

"아이고 형님, 이 좋은 날, 와 언성을 높이요."

"내가 언제? 쟤 낯바대기 봐라. 저게 축하해주는 얼
굴이냐? 정~, 축하해주려면 노래 한 곡 뽑아 보든지. 너
젊을 때 가수 한다고 동네방네 난리~난리~!"

순간, 기택의 얼굴이 심하게 일그러졌다. 이를 감지
한 철호가 급히 상철의 입을 막았다.

"형님, 그만 하소, 가수 이야긴 기택이 형님이 진짜
싫어하는데."

기택은 밀어 올라오는 분노를 애써 삭이며 봉지를

들고 일어섰다. 더는 일을 키우고 싶지 않았다.

"왜? 갈라고?"

"아이고, 형님 왜 그요?"

"넌 빠져라!"

만류하는 철호를 밀어내곤 상철은 기택에게 삿대질했다.

"도도하잖아! 옛날부터, 쟤 아들 공부 잘해 서울로 대학 갔다고 유세는, 유세는—! 내 그 꼴 보느라 밥도 안 넘어갔다.!"

"아이고, 기택이 형님이 언제 그래요! 기택이 형님 그런 사람 아닌 거 여 있는 사람 다 아요! 태경이도 좀 착해요."

"착해? 태경이가 착해? 착한 애가 그래? 제수씨 죽고, 쟈 집에 애들 찾아오는 꼴을 못 봤다. 아주 못된 놈인 기라!"

순간, 수육 접시가 상철의 얼굴로 날아들었다. 상철이 자식 흉까지 보기 시작하자 기택이 폭발하고 만 것이다.

"이런 후레자식아! 네 놈이 뭔데 우리 아들을 평가

해! 야이, 못된 놈아!"

기택이 다짜고짜 상철을 향해 달려들자 철호를 비롯한 마을 사람들이 뜯어말렸다.

"아이고, 형님까지 왜 그요. 화 풀어요. 상철이 형님과 했으니, 어서 사과해요."

"내가 왜! 못 해! 없는 소리 했어!"

상철이 단호하게 거부 의사를 보이자, 기택은 더는 같은 공간에 머물기 싫었다. 기택은 마을 회관을 나서며 악다구니를 쏟아냈다.

"배은망덕한 놈, 우리 태경이가 경호 끌고 다니며 공부시켜, 겨우겨우 면서기 만들어 밥 벌어먹게 해줬더니, 뭐, 어쩌고저쩌고해! 우라질 놈! 에라이— 배은망덕한 놈아—!"

감히 자식을 건드리다니, 선을 넘어도 너무 넘었다. 그래도 화가 안 풀리는지, 기택은 마을 회관을 나온 이후에도 회관을 향해 삿대질을 이어갔다. 가는 내내 뒤돌아보며 구시렁대고 또 구시렁댔다.

"괘씸한 놈!"

그렇게 집에 다 와 가는데, 눈에 들어오는 모습에 기택은 또 다시 화가 치밀어 올랐다. 흙먼지를 뒤집어씌우고 사라졌던 자동차들이 떡! 하니 자신의 대문을 가로막고 주차돼 있었기 때문이다. 옆집에 온 녀석들 같았다.

옆집은 몇 년 동안 비어 있었다. 타지로 떠난 자식들, 살던 부모가 죽게 되면 흉가로 남게 된다. 그러던 어느 날 어느 도시 사람에게 팔렸다는 소리를 들었다. 공사가 시작됐지만, 주인이라는 작자는 끝까지 나타나지 않았다. 집이 완성된 후 간간이 외지인들이 숙박하곤 했다. 촌캉스라는 이름으로 대여되는 모양이다. 소음으로 인해 불편한 점은 있었지만, 흉가로 남는 거보단 낫기에 그러려니 했다. 하지만 오늘은 아니다. 눈엣가시처럼 거슬렸다.

"이런 후레자식들이……."

소란한 소리와 함께 고기 굽는 냄새가 기택의 코를 자극했다. 소리를 찾아 성큼성큼 걸어갔다. 상철에게 당했던 울분까지 더해 분노를 털어낼 작정이었다.

'너희들은 이제 죽었어!'

하지만 키 낮은 담벼락 안으로 들어오는 풍경에 기택은 발길을 돌려야만 했다. 고기를 굽는 건장한 청년들 팔뚝 위로 흉측한 문신이 꿈틀거리고 있었기 때문이다.

"아이씨, 죽인다! 내가 오늘 절단 내버릴 거야!"

"그래, 오늘 다 같이 죽자! 안 죽으면 내가 다 죽여!"

대화까지 살벌했다. 고기와 술을 죽자 살자 먹겠다는 표현에 불과했지만, 문신을 보고 난 이후라 그런지 공포심이 일었다. 기택은 어쩔 수 없이 발길을 돌려야만 했다. 그래도 분은 풀어야 했기에, 대문 앞에 주차된 차의 바퀴를 발로 툭 찼다. 소심한 복수였다. 한데…….

삐이이익— 경보음이 요란하게 울렸다. 놀란 기택은 토끼 눈이 되어 서둘러 집 안으로 도망쳤다.

▶ 세 번째 단서

스프를 넣은 라면 물이 끓어올랐다. 기택은 기다렸다는 듯이 열십자로 빠개놓은 라면을 넣었다. 아무리 고기 냄새가 풍겨와도 라면 냄새를 이길 수는 없다.

달걀도 깨어 넣었다. 파도 송송 썰어 넣었다. 쫄깃해지라고 젓가락으로 서너 번, 라면 발을 끌어올렸다. 침이 넘어갔다.

"많이 처먹어라, 하나도 안 부럽다."

부엌 간이 창문 너머로 보이는 문신남들의 파티를 보며 기택은 구시렁거렸다. 꼴에 재즈를 틀어 놓곤 와인을 마시는 모습이 뭔가 이질적이면서도 아니꼬웠다.

낮에 사 온 소주를 잔에 따랐다. 단숨에 반 잔을 비

우곤, 라면 한 젓가락을 치켜드는데, 방바닥에 놓여 있던 휴대전화가 요란하게 울렸다. 특별히 전화 올 일이 없었기에 무시하고 라면을 먹으려다, 혹시 아들에게 전화가 다시 걸려온 건 아닐까 하는 생각에 젓가락을 황급히 내려놓곤 전화를 받았다. 이번에는 아들이 아니라 딸 지영이었다. 얼마 만에 걸려온 전화인지. 기택은 반가운 표정을 지었다.

"응, 나다."

"아빠! 아빠는 참!"

언제나 그렇듯, 전화를 걸어올 때면 딸 지영은 화가 나 있었다. 또 뭔 잘못을 했는지, 기택은 덜컥 겁이 났다.

"왜? 무슨 일이냐?"

"아빠는, 애순이 고모 말 들으면 안 돼? 영숙이 고모가 만나자고 했다면서요?"

기택이 반응을 보이지 않자, 애순이 지영에게 도움을 요청한 모양이다. 오지랖은……. 기택은 단칼에 잘랐다.

"그 말이면 됐다. 그만하자."

하지만 지영도 물러서지 않았다.

"어찌 아빠는 아빠만 생각해요. 우리 생각 안 해요?"

"······."

"그래야 우리 맘이 편쵸. 멀리 사는 우리가 아빠를 돌볼 수도 없고. 영숙이 고모라도 함께하면······."

기택은 말없이 전화를 끊었다. 이내 다시 휴대전화가 울렸지만 받지 않았다. 대신 남은 글라스 잔을 비웠다. 그래도 양이 차지 않았다. 병나발을 불었다. 딸 지영이 야속해서가 아니었다. 자식들에게 볼썽사나운 혹이 되어버린 자신의 모습에 화가 났기 때문이다.

영숙과 함께 하는 노년을 생각해보지 않은 건 아니었다. 하지만 그녀가 아무리 원한다고 해도 초라해져버린 자신의 모습이 용납되지 않았다. 자식들에게 혹이듯이 영숙에게도 볼썽사나운 혹이 될 게 뻔했다.

기택은 한쪽 벽에 걸린 아내 금자의 사진을 올려보며 눈물을 붉혔다. 금자는 무표정하게 내려보고 있을 뿐이다.

"금자야, 이쯤 되면 이제 나 데려가도 되지 않겠냐.

너는 그곳에서 넘 즐거우니까 나 안 부르나? 나 안 보고 싶다냐? 나는……."

순간, 펑! 굉음이 울렸다. 기택은 화들짝 놀라 심장을 부여잡았다. 창 밖으로 보니 폭죽 불꽃이 밤하늘 위로 연신 솟아오르고 있었다.

"저 자식들이, 보자 보자 하니까!"

당장이라도 쫓아가 혼쭐내주고 싶었지만, 팔뚝의 문신이 아른거렸다. 대신 기택은 다른 소주병을 땄다.

그렇게 시간이 흐르고, 드러누운 기택의 옆으로 빈 소주병 세 개가 굴러다녔다. 기택은 낮게 흥얼거리고 있었다.

"부라보……. 부라보……. 아빠의 청춘……. 기택의 청춘……."

목소리에 지난 날 회한이 어려 있었다. 눈가로 눈물이 촉촉이 젖기 시작했다. 죽고 싶다는 마음이 더욱 강해지는 밤이었다. 기택은 누운 채로 새로운 병나발을 불었다. 이렇게 죽어버리길 바라며. 그렇게 기택의 기억은 조금씩 끊어지다가 잃었다.

▶ 문신남들

그 약간은 궁상맞고 주책없는 기억을 마지막으로 필름이 끊겼다가 낯선 이곳에서 눈을 뜨게 된 것이다.

'뭔 일이 있었던 거지? 저 마이크…….'

꿈인지 현실인지, 노래를 불렀던 것 같다. 순간, 문신남들이 기억의 뇌리에 아른거렸다.

'그렇다면 여긴…….'

빠르게 문 앞으로가 귀를 쫑긋 세웠다. 어떤 소음도 들리지 않았다. 조심스럽게 문을 열어 밖을 훑고는 안도의 한숨을 내쉬었다. 옆집 간이 건물이었다. 거실 안으로 문신남들이 널브러져 잠들어 있었다.

'도대체 여기서 뭔 짓을 벌인 거야…….'

창피함이 밀려왔다. 저들이 일어나기 전에 이 공간을 탈출해야겠다는 생각이 들었다. 조심스럽게 종종걸음으로 문을 나섰다. 문신남 한 명이 자다 잠꼬대를 하는지 비명을 질렀다.

"아악—! 할배 죽이네, 달려—!"

놀란 기택은 잠시 마당에 멈춰서 마른 침을 삼키고 집안을 살폈다. 그냥 잠꼬대였다. 기택은 이내 집을 빠져나갔다. 그렇다고 이대로 집으론 갈 순 없다. 혹시 문신남들이 찾아오기라도 한다면……. 불편했다. 기택은 오솔길을 따라 약수터로 향했다.

주름진 기택의 목젖이 쉼 없이 움직였다. 표주박 물을 다 비워내고는 '크아.' 소리치며 마지막 남은 숨까지 토해냈다. 그렇게 한참 동안 가쁜 숨을 몰아쉬었다.

"노망났네, 노망. 도대체 뭔 일을 벌인 거야. 도통 기억이 안 나. 내가 미쳤는가 봐."

기택은 축 처진 어깨를 하고선 약수터 간이 의자에 털썩 주저앉았다. 지난밤의 기억을 다시 한번 찾으려 애썼다. 하지만 기억하고 또 기억하려 해도 기억은 떠오르지 않았다. 애꿎은 자신의 머리만 자꾸 쥐어박았다.

그때, 누군가 기택의 양쪽 어깨를 억세게 부여잡았다. 기택은 소스라치게 놀라며 자리에서 벌떡 일어섰다.

"으어억!!"

기택의 과도한 반응에 놀란 건 오히려 상대방이었다. 상철인 걸 확인한 기택은 버럭 소리를 지르려다 안도했다.

"너는! ……. 사람을 놀라게 하냐."

"뭔 생각을 했기에 기척을 해도. 내가 몇 번이나 헛기침했는데."

"됐다."

기택은 상철을 외면하곤 가려 했다. 그러자 상철이 기택의 팔짱을 꼈다. 엉덩이로 기택의 엉덩이를 살짝 밀치기까지 하며 비음 섞여 애교를 부렸다.

"미안해."

"……."

"아니 내가……, 어제 필름이 끊겨 너한테 실수했나봐. 아니, 실수했어! 이놈의 소인배 같으니라고! 아무리 생각해봐도 내가 갈 때가 된 거야. 아유, 못난 놈! 죽어, 어서 죽어! 어서!"

상철은 기택 앞으로 나서더니, 자기 머리를 쥐어박았다. 상철만의 용서를 구하는 방식이다. 어제 일로 기택이 화가 나 있다 오해한 모양이다. 제 일만으로 복잡한 기택은 대꾸도 하지 않고 가려 했다. 그러자 다시 재빨리 팔짱을 끼고는 입을 열었다.

"보아하니, 술 많이 푼 것 같은데, 울 집 함께 가서 해장하자, 진정한 친구야, 응, 응?!"

가벼운 데다 실수투성이인 상철이었지만, 이런 너스레 때문에 기택은 상철을 늘 곁에 두었다. 하지만 오늘만은 받아줄 여력이 없다.

"됐어."

"아, 진짜! 음식이 많이 남아서 그래! 그럼 버려! 버리면 지옥 가서 다 먹어야 하는데! 진짜 버려? 그래, 친구 지옥 가서 배 터져 죽으면 그만이지. 그래, 그럼 되겠네. 너 그렇게 안 봤는데 오지게 관대하네―. 아이, 그러지 말고, 기택아, 울 집 가자. 내 할 말도 있고."

집에 다 와 가도록 상철의 채근은 끈덕졌다.

"너 안 미워한다. 글고 어제 너 말 틀린 것 하나도 없다. 그러니 그냥 가라. 나 쉬고 싶다."

"삐졌네. 삐졌어. 아, 삐지면 오래 가는데. 갈 날도 얼마 안 남았는데, 화해나 하고 죽겠나 싶네."

"안 삐졌다고! 제발 그냥 가!"

기택은 버럭 화를 내곤 잰걸음으로 집을 향해 걸어 갔다. 바로 그때, 옆집 현관문이 열리면서 문신남 한 명이 나오다 기택을 발견하곤, 반가이 손을 흔들며 기택을 향해 소리쳤다.

"어르신!"

화들짝 놀란 기택은 뒤돌아 상철의 팔짱을 꼈다. 영문을 모른 상철은 기택에게 물었다.

"왜? 사람이 부르는데, 왜 그래?"

"닥치고 그냥 가! 가서 해장이나 해. 나 속 쓰려."

"어르신! 이리 좀 와보세요!"

사내의 목소리가 들려왔지만, 기택은 걸음을 멈추지 않았다. 등에 식은땀이 송골송골 맺히고 있었다.

"진짜 왜 그래?"

"닥치고 가라고!"

멀어지는 기택을 보며 사내는 머리를 긁적거렸다.

· · ·

상철은 남은 음식을 거나하게 차려냈다. 펄펄 끓는
육개장을 꽃무늬 가득한 대접에 퍼 기택 앞에 내놓았다.

"우러나서 어제보다 더 맛있을 거야. 어서 들어."

기택은 국물을 가득 떠 입안으로 밀어 넣었다. 기분
좋은 매콤함이 목구멍을 넘어 나무뿌리가 사방으로 뻗
어 나가듯 온몸에 맛을 전했다. 비로소 몸이 풀리는 느
낌이었다. 연거푸 국물을 떠먹었다. 두 번 끓인 거라 그
맛 또한 진국이었다. 잠시 행복감이 밀려왔다.

"혼자 산다고 대충 먹지 마라."

"그러는 너는?"

"나야, 갱호랑 애들이 자주 들여다본다. 근데
넌……."

기택이 인상을 쓰며 쳐다보자 상철이 자신의 입을 막았다.

"미안, 그런 의도 아니다. 내 마음 알지?"

"……."

"기택아, 우리 나이 자다가도 훅 가는 나이다. 태경이가 속 썩여도 남의 자식이다, 생각하고 못 본 척, 우리끼리 잘 살자."

기택은 먹던 숟가락을 멈추곤 서슬 퍼런 목소리로 물었다.

"우리 태경이가 속 썩인다니, 그게 뭔 말이야?"

"아니 그게……."

"말 잘해라. 너 다신 안 볼 수도 있으니까."

"아니, 갱호가 그러는데, 아니다. 아니여. 갱호가 말하지 말라 했는데, 이놈의 입! 입!"

기택이 숟가락을 거칠게 식탁에 내려놓았다.

"주둥이 터지기 싫으면 똑바로 말해라! 어서!"

"아니, 그게……. 그래! 너도 알아야지! 태경이가 친구들에게 돈 부탁하고 다닌다더라. 그래서 친구들이 괴롭다고. 우리 갱호도 저번에 한 2천 빌려준 모양인데, 또 부탁해서 난처하다더라."

"……."

"아무리 친한 친구 사이라고 자꾸 그러면 안 되지!"

기택은 아무런 대꾸도 하지 못한 채 일어섰다. 마저 먹으라 붙잡았지만 그럴 수 없었다. 자식에게 아무 도움이 못 되는 자신의 신세가 한없이 초라하게 느껴졌다. 부모는 자식의 든든한 뒷배가 되어줘야 하는데……. 사채라도 쓴 건 아닌지, 어디 끌려가 매질을 당하는 건 아닌지, 오만 상상이 기택의 머릿속을 헤집고 다녔다.

기택의 발걸음은 아내 금자의 무덤으로 향했다. 양지바른 무덤 주위론 동백꽃들이 통째로 쏙! 빠지며 지고 있었고, 무덤 앞 잔디 위로 채송화 새싹 하며, 가을이면 존재를 고고히 뽐낼 국화 새싹들이 땅 위로 겨우 고개를 내밀고 있었다.

기택은 묘지 상석 옆에 주저앉았다. 기택 뒤편으론 금자의 무덤과 함께 기택의 가묘가 나란히 마주하고 있었다. 나름대로 죽을 자리까지 마련해 자식들 품 들이지 않게 준비했는데……. 노년 가는 길이 마냥 편하지는 않다.

"금자야……. 우리 둘이 지은 집 내놔야겠다. 태경이가 힘들단다. 너도 내 마음 이해하지?"

대답해줄 리 없건만 기택은 '네!' 하는 금자의 목소리가 듣고 싶었다. 50년도 더 된 집, 금자와 함께 손수 멍텅구리 블록을 찍으며 지은 집, 둘의 삶이 고스란히 녹아 있는 소중한 집, 그럼에도 불구하고 경제적인 가치는 전혀 없는 집, 고작 땅값 몇 천밖에 쳐주지 않을 집. 둘에겐 너무나도 소중한 공간일지라도 팔려나가는 즉시 순식간에 허물어질 집. 그 모습을 두 눈으로 지켜봐야 한다니……. 생각하는 것만으로도 금자에게 한없이 미안했다. 그러기에 그에 대한 대답이 더더욱 듣고 싶었다.

"그까짓 집, 죽으면 뭔 소용, 태경이 도움 되는 게 더 낫지 싶다. 너도 그리 생각하지?"

재차 물으며 기택은 자리를 떴다. 가는 걸음마다 커

다란 족쇄가 '덜커덩' 거리며 자신을 땅으로 끌어당기는 것만 같았다. 저 멀리 집이 보였다. 오늘따라 더 처량하고 쓸쓸해 보였다. 긴 한숨이 저절로 흘러나왔다.

그나마 다행스러운 건 문신남들의 차가 줄 세워 마을을 떠나가고 있다는 사실이었다. 무료한 시간이 한동안 계속됐다. 그렇게 한밤의 소동은 잊히는 듯했다.

▶ 돌파구

　태경은 처음부터 염세적인 인간이 아니었다. 긴 날을 살아보니 자연스럽게 그렇게 변한 것이다. 자신이 이렇게 된 데는 순전히 한국 사회에 구조적 모순이 있기 때문이라고 생각했다. 한 번도 노력하지 않는 삶을 산 적이 없었다. 내로라하는 일류 대학은 아니지만, 서울에 있는 대학에, S그룹에 입사할 때까지만 해도 그는 노력하면 뭐든 다 이룰 수 있다 생각했다. 경숙과 결혼해 딸 정은과 아들 주원을 낳을 때까지도 누구보다 멋진 삶을 살고 있다 생각했다. 하지만 세상은 그를 가만 두지 않았다.

　동료들이 은퇴나 명예퇴직을 대비해 빨래방이나 24

시간 무인 점포를 열어 노후를 준비할 때도 태경은 그들이 유난 떤다 생각했다. 회사에 충성을 다하다 보면 노후는 당연히 준비될 거로 생각했다. 그렇기에 누구보다도 열정을 다했다. 하지만 세상은 만만하지 않았다. 대한민국 사회가 굴러가는 데는 보이지 않는 계급이 존재한다는 걸, 흰 머리가 나기 시작한 마흔 중반이 돼서야 알게 됐다. 특별한 능력을 발휘하지 않는 이상, 이 계급은 극복하기 힘들다는 것 또한 알게 됐다.

특출난 것이 없었다. 그에게도 올 것이 오고 말았다. 명예퇴직! 서운한 마음도 들었지만, S그룹 맨이었다는 사실에 한때 행복했고 뿌듯했으니 감사히 퇴직을 받아들였다. 거기엔 노력하면 안 될 것 없다는 자신감이 한몫했다.

태경은 2년여의 유예기간을 스스로 정해 착실히 준비했다. 이는 먼저 퇴사한 선배들의 프랜차이즈 사업 실패를 두 눈으로 목격했기 때문이다.

앞으론 남는 것처럼 보이지만 뒤로는 밑지는 한국형 프랜차이즈 가게들. 게다가 후발 주자인 자신에게 너무나 불리한 여건. 결국, 노예 삶의 연장일 뿐. 망해도 자신의 사업을 해야겠다 판단했다. 하지만 막상 하려고 보니 모든 게 마땅치 않았다. 몇몇 분야에 관심을 가져봤지만 이미 포화상태였다. 인건비 정도밖에 벌 수 없는 환경이었다. 성에 차지 않았다.

그러던 어느 날, 우연히 장난감 레고가 어른들 장난감으로 재탄생 되어 불티나게 팔린다는 기사를 접하곤 뭔가 번뜩 스치는 것이 있었다. 물론 태경은 어렸을 때 레고를 가지고 논 경험이 없었다. 시골에서 어려운 형편에 살아온 데다가 딱히 레고에 흥미를 느끼지 못했다. 하지만 어릴 때의 추억을 자극하는 제품은 나이 들면 들수록 반가움이 커진다.

"그래, 바로 저거야! 어린 손님은 평생 손님! 이왕 가지고 놀 레고라면 놀면서 공부까지 되면 얼마나 좋겠어!"

전자 매체와 레고 블록의 만남!

영어나 한글 블록을 단어에 맞게 조합하면 그 단어의 뜻을 알려주거나, 단어 퀴즈를 내 그것에 맞게 블록을 조합하면 어느새 그 단어에 맞는 조립 장난감이 되는 상품! 태경은 획기적인 아이디어라는 결론에 도달했고 그날로 프로젝트에 돌입했다. 아내인 경숙 또한 쌍 엄지를 치켜세우며 환한 웃음을 지어 보였다. 그만큼 미래에 대한 강한 희망을 주는 아이디어였다.

함께 할 동료들도 쉽게 구해졌다. 그들도 태경의 아이디어를 극찬했다. 일단 자신의 퇴직금을 모두 털어 회사를 차렸다. 날마다 빛나는 하루였다. 하루가 지날 때마다 벅찬 희망이 부풀고 또 부풀었다. 프로젝트는 생각했던 것보다 일사천리였다. 너무나도 순조로웠다. 자신감이 넘친 태경은 각종 지원 사업에 응모했다. 6개월이 지나자 조금은 투박하지만, 시제품까지 선보였다. 아직 가야 할 길은 멀었지만, 시제품을 안은 태경의 눈에는 감격의 눈물이 어렸다. 그렇게 한 1년 정도 더 개발 투자에 몰두했다.

잠시 난관에 부딪히기도 했다. 시제품이 문제가 아니었다. 교육 콘텐츠라는 게 그리 만만한 작업이 아니었다. 여러모로 신경 써야 할 것들이 많았다. 전문가의 콘텐츠 감수는 물론, 아이들이 입으로 핥을 수도 있으니, 위생 적격인 재료를 사용해야만 했다. 그러다 보니 생각했던 것보다 단가가 높아지고 있었다. 가정 형편 상관없이 누구나 가지고 놀 수 있는 블록을 만들고 싶었던 처음의 목표와는 멀어졌다.

그러나 그건 지엽적인 문제에 불과했다. 더 큰 문제는 회사 운영자금이었다. 퇴직금으로 회사를 유지할 수 있는 건 1년 반 정도밖에 안 됐다. 훌륭한 아이템인 만큼 지원 사업을 따내는 건 문제도 아니라고 생각했지만 큰 오산이었다. 40세 이하 청년 지원 사업은 많았지만 40세가 넘은 태경에겐 혹독했다. 왜 이런 차별을 두어야 하는지 이해가 가지 않았다. 나라와 사회를 위해 열심히 산 죄밖에 없는데, 왜 중년을 차별하는지. 세금도 가장 많이 내는 세대 아닌가!

몇몇 투자 제의가 있긴 했지만 하나 같이 사기꾼 같은 자들이었다. 그렇게 흐지부지 성과 없이 시간만 흘러갔다. 그러던 어느 날, 태경은 맥이 탁! 풀리고 말았다. 자신의 아이템이었던 교육 블록이 〈똑똑 사고 블록〉이란 이름을 달고 시판한다는 정보를 접했기 때문이다.

'내걸 훔쳤어.'

분노가 일었지만 뾰족한 수가 없었다. 무분별하게 지원 사업에 응모한 대가였다. 누군가에게 아이디어를 도용한 게 분명했다. 상대 회사 또한 나름대로 교육 쪽에선 이름 있는 큰 회사라 대응하기도 버거웠다. 제품도 자신의 것과 비교해 질적으로나 교육 콘텐츠 적으로나 월등했다. 1년 반의 노력과 열정이 한순간에 물거품이 됐다. 그렇게 퇴직금이 눈 녹듯 사라져버렸다.

"이놈의 나라는 지적 재산권을 보호해주지 않아! 대기업이란 놈들은 아이디어나 빼먹으려고 혈안이 돼 있고! 천하에 저질스런 도둑놈들!"

소주 한 잔에 울분을 토해내며 열정을 함께 했던 동료들과 이별을 해야만 했다. 태경이 능동적으로 뭔가를 시도한 건 그때가 마지막이었다. 의지를 상실한 태경은 하루하루 무의미하게 보냈다. 피폐해진 삶, 매일 술에 의지했다. 부잣집 아들로 태어났다면…… 두려워진 세상 앞에서 자신의 신세를 한탄했다. 그사이 아내 경숙은 작은 분식집을 차렸다. 그래도 태경은 아랑곳하지 않았다.

"정말 이따위로 살 거야—! 그럴 거면 차라리 이혼해!"

묵묵히 지켜보던 경숙이 더는 참지 못하고 이혼을 선언했다. 그제야 태경은 조금씩 움직이기 시작했다. 의식 없는 좀비처럼 경숙이 시키는 대로 움직이기 시작했다.

힘들 때면 고행의 순례 길을 떠나란 말이 있다. 몸을 쉬지 않고 움직이라는 뜻일 것이다. 그 진리는 태경에게도 통했다. 순전히 타의에 의해 시작한 움직임이었지만 시간이 지나갈수록 뭔가 모를 알 수 없는 에너지가 생성되고 있었다. 작은 분식집에서 여러 군상의 손님들과 부딪히다 보니 잃어버렸던 얼굴에 미소도 되찾게 됐다.

'그래 난 바닥이었어. 이제 오르기만 하면 되는 거야!'

무한 희망이 샘 솟았다. 그 자신감엔 경숙의 손맛이 강하게 자리 잡고 있었다. 같은 재료를 쓰더라도 경숙이 음식을 만들어내면 뭔가 모를 플러스 알파의 맛이 더해졌다. 그래서인지 분식집은 시간이 지날수록 단골이 늘었다. 하지만…….

그에 비례해 경숙의 건강도 나빠졌다. 애초에 경숙은 강골이 아니었다. 돈이 쌓일수록 경숙의 몸은 성한 곳이 없었다. 아침 장사를 위해 새벽 5시부터 김밥 재료를 준비해야 하는 삶. 그렇게 고단한 1년이 지나던 어느 날, 경숙이 정신을 잃고 쓰러졌다. 태경은 이대론 안 되겠다 싶었다. 사람이 먼저였다.

결국, 잘되던 분식집을 관두고 손이 덜 가는 시간제 짬뽕집을 차렸다. 오전 11시부터 오후 5시까지만 운영했다. 메뉴는 단출했다. 오로지 짬뽕과 탕수육이 전부였다. 자장면 없는 중국집이었다. 이후 시간은 젊은 총각들이 운영하는 일본식 선술집으로 대체됐다. 버는 돈은 분식집과 비교해 현저히 줄었다. 하지만 가겟세를 나눠 내는 탓에 운영 비용은 저렴했고, 여유로워진 시간은 삶을 윤택하게 했다. 작은 행복에 만족했다. 딸 정은이 예술고등학교를 가겠다고 선언하기 전까지만 해도 모든 게 나쁘지 않았다.

"아빠, 나 뮤지컬 배우가 되고 싶어요. 학원 보내주세요."

예술고등학교 학비도 부담됐지만, 더 비싼 과외 학원비가 형편을 더욱 쪼들리게 했다. 부모 입장에서 자식이 하겠다는 걸 들어주지 못했을 때 가장 비참해진다. 태경 또한 그랬다. 어쩔 수 없이 결단을 내려야만 했다.

"여보, 우리 경험도 쌓였으니, 가게를 좀 더 확장해 봅시다. 고기는 배신하지 않잖아요."

그게 화근이었다. 처음 몇 달은 장사가 잘됐다. 하지만 예상치 못한 코로나 펜데믹 상황이 태경을 곤란하게 만들었다. '1년 정도 버티면 되겠지' 하는 마음으로 하루하루를 버텼는데……. 바이러스는 생각보다 질기고 끈덕졌다. 그사이 부채는 날로 늘어갔다.

"경호야, 여윳돈 있으면 좀 빌려주겠니? 1년 후에나

갚을 수 있는데. 나 믿지?"

그래도 깡촌에서 공부를 제법 했던 터라 친구들은 순순히 돈을 빌려줬다. 하지만 그 신용도 그리 오래가지 못했다. 길어지는 펜데믹 상황에 돌려받지 못할 돈이라는 걸 인지했는지 친구들은 전화를 피하기 시작했다.

그렇게 태경은 위태로운 하루하루를 보냈다. 필요할 때마다 조금씩 빌려 쓴 사채도 이제 한계에 도달했다. 파산이 눈앞이었다. 어쩌면 사채꾼들의 칼을 맞게 될지도 모른다는 막연한 두려움이 가슴 한 곳에 자리 잡기 시작했다. 우울하고 불안한 하루하루였다. 아무리 생각해도 늪에 빠져 허우적댈 뿐, 헤어날 방법이 없었다. 몹쓸 생각이 들 때면 이내 고개를 흔들어 털어내야만 했다. 그렇게 하루하루를 영혼 없는 모습으로 겨우겨우 살아가고 있는데 아버지까지 놀림거리가 되어 인터넷을 떠돌아다니다니……. 마지막 기둥마저 무너져 내리는 기분이었다.

"아빠, 그런 거 아니야. 좀 더 봐봐!"

정은이 다짜고짜 다시 휴대전화를 내밀었다. 정은은

준비된 짧은 동영상을 태경에게 보여줬다. 허공의 주먹을 내지르는 장면, 문신남들과 어깨를 걸치고 열정적으로 노래 부르는 장면 등등의 추태들이 다양한 형태의 짧은 동영상으로 재생산되고 있었다. 이를테면 할리우드 영웅 무비처럼 기택의 몸 위로 멋진 슈트가 입혀져 적들과 멋지게 싸우는 장면, 어떤 동영상은 아이돌일원이 되어 춤추는 장면 등등, 각양각색의 유쾌한 동영상들로 재생산되고 있었다. 인기 또한 대단했다. 아버지가 등장하는 동영상 대부분이 유튜브 인기 동영상상단을 장악하고 있었다.

"아빠, 이 쇼츠는 조회 수가 120만이야! 이건 70만!"

"……"

"이 할아버지 누구냐고 난리야! 우리 할아버지 맞지? 그지?"

기택이 기억하지 못했던 그날 밤의 진실, 그 추태가 때마침 유튜브 방송을 켜놓고 놀던 문신남들 덕분에 온 세상에 전송된 모양이었다. 술에 취한 문신남들도 그날 밤의 일을 까맣게 잊었을 터인데, 그 방송을 본 누군가에 의해 영상이 퍼졌고, 순식간에 인터넷에서 유행되는 밈으로 발전되고 있었다.

"지금 사람들이 할아버지 다시 보고 싶다고 난리야!"

"……. 다시 보고 싶다고…….."

읊조리는 순간, 태경의 뇌리에 강력한 빛 한 줄기가 스쳐 갔다. 무슨 생각이 들었는지 얼굴에 미소가 서서히 번져갔다.

'그래, 어쩌면…….'

기택의 동영상이 밈으로까지 발전된 이상, 태경에게 기택은 더이상 무능한 아버지가 아니었다. 강력한 희망이었다. 자신의 구질구질한 삶에서 벗어나게 해줄 구세주였다. 태경은 자신도 모르게 낮게 중얼거렸다.

"오 나의 아버지시여…….."

깊은 어둠도 희망 앞엔 무기력하다. 헤쳐나갈 이유만 있다면 어둠도 두려운 존재가 더는 아니다. 태경은 콧노래가 절로 났다.

· · ·

"당신 미쳤어! 도대체 어쩌려고 그래!"

아내가 핀잔을 줄 때도 즐겁기만 했다. 태경의 머릿속은 미래에 대한 구상으로 넘쳐나고 있었다. 태경이 이렇게 자신감 넘치는 데엔 대학 시절 연극반에서 연출했던 경험이 있었기 때문이다. 손수 쓴 대본으로 대학 연극제에 2번이나 출품하기도 했다. 최종예선에서 아깝게 탈락했지만, 어떻게 이런 생각 했냐며 심사위원들의 극찬을 받았었다. 극작가의 길로 가보지 않겠냐는 조언도 있었다. 넉넉하지 못한 형편에 자연스레 고사했지만 늘 가슴 한편에는 연극 연출에 대한 아쉬움이 남아 있었다. 그런데 오늘, 아버지인 기택의 모습을 보곤 그 열정이 다시 불타오르기 시작했다.

'그래 가보는 거야! 더 내려갈 곳도 없잖아!'

태경은 그 길로 중고 전자 상가로 달려갔다. 유튜브 방송을 위한 장비를 사기 위해서였다. 생각보다 많은 장비가 저렴하게 나와 있었다. 그만큼 유명 크리에이터를 꿈꾸다 포기하는 이들이 많았던 모양이다.

태경의 이런 자신감에는 다 이유가 있었다. 노인들이 유쾌하게 유튜브 방송을 해서 대박을 낸 경우를 한두 번 본 게 아니었다.

"여보! 나, 한 일주일 정도 아버지께 다녀올게."

"정말 이럴 거야?"

"딱 한 번, 마지막으로 딱 한 번만 나 믿어주라. 자신 있다니까! 응?!"

경숙도 더는 태경을 말리지 못했다. 그렇다고 태경의 선택이 마음에 든 건 아니다. 다 늙은 아버지와 뭘 어쩌겠다는 건지. 태경을 응원해야 할 처지였지만 불신의 마음은 시간이 지날수록 더욱더 커져만 갔다.

"원더풀―! 원더풀―! 아빠의 청춘―!"

밤새 달린 태경의 트럭 위로 새벽 여명이 노을처럼 아름답게 여울지고 있었다. 태경의 얼굴엔 희망의 미소가 넘쳐나고 있었다.

▶ 아버지와 아들과 딸

키 낮은 해당화가 금자의 무덤가로 꽃을 피어내기 시작했다. 살아생전 금자는 해당화를 좋아했다. 그래서 심었는데, 사람들이 무덤가에 해당화를 심지 않는 이유를 늦게야 알았다. 그만큼 손이 많이 가야 한다. 조금이라도 방심하면 금세 잡초가 자라 해당화를 볼품없게 만들기 때문이다. 오늘도 기택은 아침 이슬이 깨기도 전에 해당화 주변의 잡초를 뽑았다. 한 움큼을 뽑아내곤 금자의 무덤 앞에 앉아 대답 없는 금자에게 말을 걸었다.

"집 보러오는 사람이 없네. 금자야 누구라도 보러오게 힘 좀 써봐라. 태경이 힘들다 안 하나."

애꿎은 잡초를 뽑아 던지며 말했다.

"내 뭐 여한이 있겠나. 우리 태경이 지영이 편안하게 사는 거 보고 눈감는 게 꿈인데, 그게 쉽지 않을 듯싶다. 어쩌면 좋겠나? 거, 위에 높은 사람한테 부탁해서 내 목숨값이라도 미리 좀 내주면 안 되나 물어볼래? 안 되겠지? 그게 됐으면 금자 네가 벌써 우리 애들 도왔겠지. 하아……. 내일 또 오마."

기택은 금자의 무덤을 쓱 한번 훑고는 마을로 내려갔다. 저 멀리 상철이 트로트 음악을 크게 틀고 약수터로 올라오는 모습이 보였다. 기택은 상철과 마주치기가 싫었다. 그래서 다른 방향으로 몸을 틀었다.

"어이, 진정한 친구!"

상철이 기택을 불러 세웠지만, 기택은 외면하며 다른 길로 방향을 틀었다. 상철의 라디오에서 들려오던 트로트가 기택의 뇌리에서 떠나지 않았다. 그래서 자신도 모르게 슬픈 목소리로 흥얼거렸다.

"돌고 돌아 돈이라더냐, 너도 돌고, 나도 돌고."

하늘에서 돈이 마대 자루로 쏟아지면 좋겠다는 생각

이 들었다. 내 예쁜 새끼들을 위해⋯⋯.

기택의 집 앞으로 자동차 하나가 서 있었다. 기택은
욱! 화가 치밀어 올랐다. 자꾸만 촌캉스 온 차들이 자
신의 집 앞에 주차해 주차금지라는 푯말까지 써 붙였
는데도 기어이 주차하다니. 더는 두고 볼 수 없다. 화가
치밀어 성큼성큼 집을 향했다.

그 순간, 등 뒤로 자동차 경적이 울렸다. 화들짝 놀란
기택은 가장자리로 피하며 얼굴을 붉히려는데, 태경이
었다.

"네, 네가 어쩐 일이냐?"

기택의 얼굴은 걱정 반 반가움 반이었다. 다행히 자
신의 얼굴을 보며 미소짓는 태경의 모습에 한시름 걱
정을 내려놓았다.

"그렇게 됐어요."

태경이 머리를 긁적이며 멋쩍은 미소를 지었다. 그
때였다. 귀에 익은 목소리가 집안 쪽에서 들려왔다.

"아빠―!"

딸, 지영의 목소리였다. 대문을 박차고 나오는 지영

의 얼굴엔 뭔가 의뭉스러운 환한 미소가 어려 있었다.

갑자기 두 자식이 나타나다니, 기택은 혼란스러웠다.

제 어미 죽은 뒤로 일 년에 한 번 볼까 말까였는데, 아

무 날도 아닌 날에 이렇게 모이다니, 반가운 만큼 걱정

스럽기도 했다. 하지만 기쁨은 어쩔 수 없다. 차마 말을

뱉지는 못하고 속으로 기뻐했다.

'아유, 우리 이쁜 내 새끼들.'

"네가 여기 웬일이야?"

"그러는 오빠는?"

두 자식들도 약속된 만남이 아니었던 모양이다.

• • •

불판에 올려진 소고기가 육즙을 뿜어내며 익어갔다.

지영은 익기도 전에 고기를 집으려 했다. 태경이 젓가

락을 쳐 만류했다.

"너 먹으라고 사온 거 아니다. 아버지 드세요."

"난 괜찮다. 지영이 어서 먹어라."

"봐! 오빠는 무안하게. 그나저나 오빠 요즘 형편 나아졌어? 웬 소고기야?"

"나아질 거야. 아버지가 그리 만들 거야."

"아버지가?"

무슨 소리지? 내가 그렇게 만든다니⋯⋯. 기택은 태경을 쳐다봤다. 태경은 그저 미소만 지을 뿐이었다.

"오빠, 그게 뭔 소리야? 아빠가 뭘 한다는 소리야? ⋯⋯. 그럼 오빠도?"

"뭐가?"

"안 돼! 아빠는 내 거야! 양보 못 해! 이깟 소고기, 퉤 퉤! 나 소고기 안 먹은 거다. 아빠 절대 양보 안 해!"

"⋯⋯. 너, 나 좀 봐."

태경은 굳은 표정으로 일어서며 지영을 밖으로 불러냈다. 어찌 된 영문인지 모르는 기택은 서로를 번갈아 보며 당황해했다.

"니들 왜 그냐? 고기 탄다."

하지만 둘은 아랑곳하지 않고 밖으로 나갔다. 무슨 영문인지, 갑자기 찾아와 자신을 서로 양보 못 하겠다

하는 둘을 보며 기택은 어리둥절하기만 했다.

둘 사이엔 침묵만 흘렀다. 태경과 지영, 그 누구도 쉽게 입을 떼지 못했다. 하지만 아쉽고 급한 건 태경이었다. 어쩔 수 없이 태경이 먼저 입을 떼려는 순간!

"꿰아아악—!"

발정 난 고라니 울음이 공간을 날카롭게 갈랐다. 누가 먼저랄 것 없이 둘은 화들짝 놀랐다.

"야유, 깜짝이야!"

"저놈의 고라니! 심장 떨어질 뻔했네."

태경은 놀란 가슴을 부여잡더니, 품에서 담배를 꺼내 물으려 했다. 그러자 지영이 토끼 눈을 하곤 물었다.

"오빠, 담배 끊은 지 오래됐잖아. 다시 피워?"

"……. 그렇게 됐어."

지영은 태경의 담배를 낚아채 손에 쥐곤 말렸다.

"피지 마. 올케 싫어하잖아."

태경은 대꾸하지 않고 긴 한숨을 내뱉었다. 또다시 고라니 울음소리가 공간을 날카롭게 갈랐다. 이번엔 아무도 놀라지 않았다. 대신 태경이 하늘을 올려다보며 입을 뗐다. 짜증 섞인 목소리였다.

"내가 생각하는 거 맞지?"

지영은 기다렸다는 듯, 태경을 빤히 쳐다보며 말했다. 그녀의 얼굴엔 마치 왕좌에 도전하는 혁명군의 결기 같은 게 어렸다.

"……. 그래, 맞어. 나 아버지 필요해. 이 서방 이번에 명퇴 당했어. 오빠도 이 서방 나이에 명퇴 당해봐서 알잖아. 뭐라도 시작해 보려면 자본금이 필요해. 아버지가 우리의 마지막 희망이야. 오빠라고 해도 나 안 물러설 거야."

예상했던 대답이었던 듯, 태경은 눈을 지그시 감으며 한숨을 길게 내뱉었다. 성공을 장담하기도 힘든데, 그 작은 파이를 지영과 나눠 가져야 한다니. 태경의 가슴 한편에 답답함이 자리 잡기 시작했다.

"오빠가 반대해도 이번엔 내 뜻대로 할 거야. 반대할 거면 나 볼 생각하지 마."

당차게 말하고선 지영은 자리를 뜨려 했다. 태경은 급히 손을 뻗어 지영의 손을 붙잡았다. 그리고 조금 짜증 난 목소리로 말했다.

"그래 좋아, 어쩔 생각인데?"

"그러는 오빠는?"

주도권을 놓지 않으려는 듯, 지영은 대답 대신 태경에게 오히려 되물었다. 태경은 잠시 망설이더니 굳은 결심으로 입을 뗐다.

"나, 목숨 걸었어. 일시적 장난이라고 생각한다면 이쯤에서 빠져."

"장난은 뭘 장난, 나도 진심이야! 완전 진심!"

"……."

비장한 지영의 얼굴. 태경은 어쩔 수 없다는 듯 한숨을 내쉬었다. 태경만의 아버지도 아니지 않은가!

지영도 표현은 그렇게 했지만 미안하기는 마찬가지였다. 똑똑한 오빠라도 잘 살면 얼마나 좋았을까. 집안의 버팀목까지는 아니더라도 아쉬울 때 맘 편히 상의라도 할 수 있는 존재였으면 좋았으련만……. 그의 허름한 운동화에서 동병상련의 아픔이 느껴져 지영은 괴롭기만 했다. 오빠나 자신이나 늙은 아비를 팔아 돈을 탐내야 하는 현실이 너무나도 비참하게 느껴졌다. 하지만 지금은 그런 거 따질 처지가 아니었다. 지영은 결의에 찬 목소리로 제안했다.

"그래, 좋아. 쇠뿔도 단숨에 빼야 한다고, 바로 실행에 옮기자."

"바로……?"

지영이 휴대전화를 꺼내며 말을 이어갔다.

"오빠도 같은 마음이지? 맞지?"

"……."

"좋아, 그럼 영숙이 고모한테 전화 건다."

"뭐? 영숙이 고모?"

그제야 지영이 내려온 이유를 알아차린 태경은 속으로 안도의 한숨을 내쉬며 뒤돌아 집으로 들어가려 했다.

"그런 거면 네 알아서 해."

"!"

눈치가 빠른 지영이다. 태경이 이렇게 순순히 물러난다는 건, 자신과 다른 목적이 있는 것이다. 지영은 태경의 손을 빠르게 낚아챘다.

"아니, 아니, 그렇게 돌아서 가면 안 되지? 뭐야? 뭐야, 뭐야, 뭐야?"

"넌 네 뜻 이루고, 난 내 뜻만 이루면 되잖아."

"아니지, 아니지. 그건 오빠와 내 뜻이 같을 때 이야기고, 이젠 아니지."

"……."

태경은 난감한 표정을 지으며 다시 주저앉았다. 한 번 물면 놓지 않을 지영이란 걸 알기에 태경은 다시 담배를 꺼내 물었다.

▶ 유튜버 오기택?

"뭐! 내가 방송을 해?!"

기택은 토끼 눈을 하곤 손사래를 쳤다.

"내가 그런 걸 어떻게 해! 난 못한다 못해!"

"아빠, 잘해! 최고야! 겁나 잘할 걸? 이거 봐봐! 이거!"

지영은 핸드폰을 내밀었다. 화면 안으로 술 취해 추태 부리는 기택의 모습이 보였다.

"완빤치! 투빤치면 너들 쓰리 강냉이여! 내가 왕년에―! 나 때는 말이야―."

기택은 창피해 고개를 돌렸다. 그러자 지영이 따라가며 휴대전화를 들이밀었다.

"아니야, 이거 더 봐봐! 아빠 진짜 멋있다! 이야―!
사람들 기술 좋다!"

밈 영상들이 연속으로 재생되자, 기택의 눈도 희번
덕거렸다.

"젊은 사람들이 짓궂네."

말은 그렇게 했지만 뭔가 모를 희열이 느껴졌다.

"아빠, 아빠가 누구냐고 지금 난리래. 아빠 스타여,
톱스타!"

"톱스타……."

"아버지, 우리 같이 방송해요."

"내가 어떻게……."

"오빠가 다 알아서 할 거야. 아빠는 오빠가 시키는
대로만 하면 돼. 이거 돈 엄청 번대. 아빠가 우리 구해
줄 수 있어! 구독자 100만 가면 오빠도 나도 살 수 있
대."

"아버지, 지영이 말, 거짓말 아니에요. 구독자 10만
만 넘어도 제법 돈을 벌 수 있대요. 지금, 이 동영상들
조회 수가 100만이 넘어가고 있어요. 도와주세요. 저

진짜 벼랑 끝에 몰려 있어요."

태경의 표정에 절박함이 담겨 있었다. 아비로서 외면할 수 없는 외통수였다.

"……. 내가……. 할 수 있을는지…….."

"아빠, 별거 아냐. 그냥 저렇게만 해 봐. 오빠가 알아서 하겠지. 아빠가 그렇게 노래 잘하는지 몰랐네. 깜짝 놀랐어!"

"그래…….."

자신이 없어 말끝을 흐렸다. 대답이 떨어지기도 전에 태경이 반색했다.

"고맙습니다. 저 목숨 걸고 내려왔어요. 진짜 이거 아니면 죽어…….."

"떼! 아비 앞에서 그런 소리 하는 거 아니다!"

"너무 절박해서…….."

"알았다……. 너희들을 위해서라면 뭔들 못하겠니."

"그럼, 그리 알고 진행하겠습니다."

"알았다. 내 잠시 나갔다 오마."

기택은 복잡한 마음에 집을 나서려 했다. 실체를 알

수 없는 압박감이 몰려왔기 때문이다. 그러자 태경이 냉장고에서 검은 봉지를 꺼내 기택의 손에 들려줬다.

"일 없대도!"

"제가 미안해서 그래요. 상철이 아저씨에게 전해주세요. 당분간 저 내려왔다는 말은 마시고요."

"끙, 알았다."

기택이 나가자 지영이 쪼르르 태경의 옆으로 붙었다.

"이건 이거고, 영숙이 고모 일은 나한테 맡겨. 내가 알아서 할게."

"내 알 바 아냐. 짐 나르는 거나 도와."

"진짜지, 다음에 징징대지 마. 영숙이 고모 엄청 부자래."

상철에게 가는 길은 멀었다. 고작 100미터 내외였지만 그사이 오만 생각이 오갔다. 뭘 어떻게 해야 할지, 잘할 수 있을지. 자신 때문에 자식들의 인생이 더 망가지진 않을지, 그렇게 되면 실망하는 아이들을 어떻게 볼지…… 마음이 무겁기만 했다.

상철의 집에서 한 서린 트로트 음악이 흘러나왔다.

상철은 커다란 감나무 아래, 평상 위에서 배를 까고 낮잠을 자고 있었다. 기택은 평상 위에 봉지를 내려놓고 그냥 가려다 팔자 좋게 자는 상철의 모습에 괜한 심통이 났다. 자신보다 하나 잘난 것 없는 녀석의 팔자 좋은 노후가 왠지 얄미웠다. 그래서 자신도 모르게 상철의 오른쪽 젖꼭지 옆에 난 털 하나를 세차게 뽑았다.

"으헉!"

상철이 놀라 벌떡 일어나 앉았다. 비몽사몽이라 무슨 영문인지 몰랐다. 되레 기택이 화를 냈다.

"왜, 뭐! 못 올 사람이 온 거야? 놀라기는."

"아니……. 근데 넌 어쩐 일이냐?"

"받어."

얼굴 앞으로 봉지를 내밀었다.

"소고기여. 그냥 소고기도 아니고, 투 뿔뿔뿔! 임금님 하사 고기여."

"뭔 개소리야? 그니까 누가 준 고기냐고? 너 같은 노랭이가 줄 리는 없고."

"우리 아주 잘난 아들이 네 생각해서 보냈다. 우리

아들이 그런 아들이여."

상철은 반색하며 얼굴을 앞으로 들이밀었다.

"태경이 왔어?"

당황한 기택이 말을 돌렸다.

"아녀, 톱스타가 쏘는 거여!"

"톱스타? 내가 아직도 꿈을 꾸는 겨? 도대체 뭔 말인지."

"이놈아, 이 몸 인기가 120만이란다. 120만!"

"너… 혹시……. 치매냐?"

"에휴, 생각하는 꼬락서니 하곤. 곧 알게 될 거여. 뒷방 노인네처럼 트로또나 듣지 말고 젊게 살아라. 100세 시대다. 100세! 나, 간다."

"환장하것네. 고기를 줘서 화도 못 내고, 젊음 타령하는 거 보니 죽을 때가 됐나. 그나저나 젖꼭지가 왜 따갑다냐."

상철은 한쪽 손으로 가슴을 문지르며 다른 한 손으로 봉지 안 고기를 살폈다. 입맛이 도는지 침을 꿀꺽 삼켰다.

▶ 라떼TV

"그래, 내가 링크 보낸 것 있지, 학교 다녀오면 정은
이랑 주원이에게도 동영상 찾아다니며 링크 달라고 해.
이번 주 토요일 라떼 할배 방송 시작한다고. 그래, 나
없다고 밥 대충 먹지 말고. 난 괜찮아, 지영이가 잘 챙
겨줘. 그런 말 말고, 응원해주면 안 돼? 에이씨."

늘 그렇듯 아내와의 통화는 감정이 상한 채로 끝난
다. 한숨이 절로 난다. 그래도 한때는 대기업에 다니는
존경 받는 남편이었는데. 가난이란 못된 놈이 사랑까지
뺏는 현실이 괴롭다.

태경은 방송 장비를 정리하며 유튜브에 개설한 '라
떼TV'에 접속했다. 이내 그의 눈이 동그래졌다. 조잡

하게 만든 대문 문구가 전부인데, 벌써 120명이 구독 신청했다. 밈 영상 댓글에 링크를 단 게 겨우 5분 전인데……. 무한 긍정의 기운이 샘솟고 또 샘솟았다.

"오빠 밥 먹어!"

"지금 밥이 문제야! 너 링크 다 달았어? 이 서방은? 애들은?"

"친구들한테까지 다 전달했어. 얼마나 구독했는데 그리 화색이야?"

지영이 새로고침을 누르자 156명으로 늘었다.

"에게, 겨우 156명."

"이야―, 몇 초 사이 36명이나 늘었어. 이거 대박 느낌인데! 아버지 안 오셨어?"

"다 와 간대."

"그래, 얼른 밥 먹고 카메라 테스트하자!"

얼마 만에 느껴보는 희열인지, 태경은 흥분하기 시작했다. 밥을 안 먹어도 부른 느낌이었다.

이윽고 기택이 도착하자, 지영은 기택을 앉히고는 화장 도구를 꺼내들었다.

"쭈그렁 망태기에 화장한다고 티가 나냐? 고만해라."

지영에게 화장을 받던 기택이 손사래를 치며 말렸다.

"티 나지. 우리 아버지가 그래도 인물이 쫌 된다. 오빠야, 그지?"

"지영이 하는 대로 두세요. 보기 좋네요."

카메라를 조립하던 태경이 기택을 향해 빙긋 웃으며 말했다.

사실, 기택의 마음은 이보다 더 좋을 순 없었다. 수많은 날을 그리워하던 자식들이 눈앞에 있는 것만으로도 행복했다. 금세라도 하늘로 떠나면 그만인 나이인지라 마음은 늘 자식들에게 가 있었다. 한데, 지금 이렇게 자식들과 함께하고 있으니……. 이유야 어쨌든 너무나도 과분한 하루가 되고 있었다. 이게 꿈이라면 정말 깨고 싶지 않았다. 한데…….

"태경이 내려왔는가? 내려왔으면 나 좀 보세."

문밖에서 들려온 상철의 목소리는 기택의 행복을 순식간에 깨트렸다. 요망한 자식이 소고기나 처먹지, 그

074

새 눈치를 챈 모양이다. 그가 왜 찾아왔는지, 기택은 직
감했다. 경호에게 빌린 돈 때문에 찾아왔을 게 분명했
다. 아들을 보호해야겠다는 생각에 기택이 일어서려 하
자, 태경이 괜찮다 제지하며 밖으로 나갔다.

"제가 알아서 할게요."

"……"

태경이 당할 수모가 상상돼 기택은 마음이 편치 않
았다. 그 마음을 알았는지, 지영이 화제를 돌리려 호들
갑을 떨었다.

"아빠, 처음이니까 분장을 색다르게 해볼까?"

"으응……. 네 맘대로 하렴."

기택의 마음은 태경을 따라 나갔기에 시큰둥 대답
했다. 정신이 온통 밖에 나가 있었다. 기택의 눈 주위로
시커먼 색깔이 칠해지기 시작했다. 지영의 얼굴엔 장난
기가 서렸다.

▶ 아버지는 아버지

상철은 태경을 대문 밖으로 이끌었다. 태경이 상처 입지 않도록 상철은 최대한 말을 가렸다.

"이렇게라도 보니, 내가 마음이 참 좋네. 혼자 있는 아비 보기가 좀 그랬어."

"죄송합니다. 자주 내려왔어야 했는데."

"그래, 그래야지. 한데…….."

"경호 돈 때문에 그런 거라면 조금만 기다려 주세요. 제가 이른 시일 내에 갚겠습니다."

눈치를 채고 태경이 먼저 말을 꺼내자 상철의 얼굴에 화색이 돌았다.

"아니, 뭐 그런 건 아니고, 자네 덕분에 우리 경호가 면사무관이 돼 사람 놀이도 하고. 내 정말 고맙네."

"아, 아닙니다. 경호가 알아서 잘한 거죠."

"근데, 자네도 알다시피 사람 사는 거 다 똑같네. 경
호도 요즘 힘든가 봐."

"네……."

"아이고야, 늙은이가 젊은 사람한테 돈 갖고 이러면
영 별론데, 내가 미안하네. 정말 미안하구먼."

"아닙니다. 무슨 말인지 알겠습니다. 모두 제 잘못입
니다. 죄송합니다."

태경은 미안한 마음에 연신 허리를 굽혔다. 그때였
다. 기택의 사자후가 들려왔다.

"이노오옴―!"

상철이 소리를 따라 고개를 돌리다 소스라치게 놀
랐다.

"으악, 이게 뭐야! 괴물이다― 괴물―!"

뒤돌아본 태경의 눈에 들어온 건, 판다 분장을 한 기
택의 모습이었다. 연신 허리를 조아리고 있는 태경의
모습이, 기택의 눈에는 상철이 혼내는 것으로 오해하기

충분했다. 기택은 마당 비를 치켜들고 상철을 향해 무작정 돌진했다.

"이노오옴—!"

걱정된 마음에 분장이 채 마무리되지도 않는 상태에서 뛰쳐나온 터였다. 그래서인지 그 모습이 귀엽다기보단 뭔가 섬뜩하고 무서웠다.

"네 놈이 뭔데, 우리 금쪽같은 아들을 혼내! 그래, 오늘 너 죽고 나 죽자—!"

상철을 향해 마당 비를 마구 휘둘렀다. 기택은 자식의 수모에 이미 이성을 잃은 터였다. 상철은 물러나며 소리쳤다.

"너, 아주 미쳤구나!"

"그래 미쳤다! 네 놈이 감히 내 아들을! 죽어— 이놈아, 죽어!"

"아버지, 그런 거 아니에요. 진정하세요. 오해예요, 오해."

태경이 기택을 붙잡곤 말렸다.

"오해는 무슨 오해, 늙은 놈이 돈 밝히면 저승사자랑

하이파이브한다고 했어. 저놈 곧 뒈질 놈이여."

"그래, 뒈질 놈이다. 저승 가는 데 노잣돈이 필요해서 그랬다. 어쩔래!"

억울한 마음에 상철도 참지 않고 마음에 없는 소리를 했다.

"그 돈 내가 줘! 걱정 마라, 이놈아!"

"집까지 내 놓은 놈이 뭔 돈으로! 네놈 저승 노잣돈이나 걱정해라!"

지영이 뛰어나와 상철을 말렸다.

"아저씨까지 왜 그러세요. 참으세요. 제가 용서를 구할게요."

기택은 그래도 화가 풀리지 않은 모양이다. 악다구니를 쳐올렸다.

"내가 다 갚아! 유명 유튜버 되면 그깟 돈 껌이여! 들어는 봤냐, 인플루언서! 무식한 게 알기나 하겠어? 고봉밥이나 처먹지!"

반격하려는 상철에게 그러지 말라며 눈으로 용서를 구하는 태경과 지영이었다.

"마음 넓은 아저씨가 참으세요. 정말 미안해요, 정말."

상철은 애써 화를 누르며 돌아섰다. 자식 문제라면 밑도 끝도 없는 싸움이 될 게 뻔했기 때문이다.

"그래, 어여쁜 지영이 너 봐서 참는다."

"아저씨 땡큐—!"

지영은 상철에게 윙크하며 애교를 부렸다. 그래도 그냥 물러서는 건 자존심이 상한다. 상철은 기택에게 한마디 하곤 돌아섰다.

"그래, 꼭 성공해라—, 그래서 돈 다 갚아라—! 얼굴이 아주 가관이다— 가관!"

"저, 저놈이—!"

"아버지도 인제 그만 하세요!!!"

태경이 소리 높여 적극적으로 말리자 기택은 어쩔 수 없이 함구했다. 대신 죽일듯한 눈빛을 상철에게 보냈다. 상철은 기세에 눌려 눈치 보며 자리를 떴다. 누구 하나 속상하지 않은 이 없었다. 무거운 침묵만이 흘렀다. 그렇게 한참의 시간이 흐르고 태경의 무거운 목소리가 흘러나왔다.

"저 땜에 집까지 내놓으신 거예요……?"

태경은 무척이나 가슴 아팠다. 기택에게 이 집이 얼마나 소중한 존재인지 너무나도 잘 알고 있다. 기택이 술 취할 때면 무용담처럼 자랑을 늘어놓곤 했다.

"나가 새벽이면 저 아래 냇가에서 지게로 모래를 퍼, 여 위까지 겁나 힘들게 지고 와 네 어머니랑 멍청이 부로꾸를 찍어서 지은……."

기택은 아들의 얼굴에서 절망감을 읽었는지 손사래를 쳤다. 철렁 가슴이 내려앉았다.

"아니다, 아니다. 저놈이 헛소리한 거다. 집 내놓기는 했는데, 이젠 아냐. 잠시 내놓은 건, 나도 살 만큼 살았는데, 슬슬 정리해야 할 거 아냐. 너들이 여기 살 것도 아니고. 사람은 정리를 잘해야 해. 근데 너들 얼굴 보니 안 팔란다, 안 판다고. 그러니, 걱정하지 마렴."

"……."

태경은 입술을 꼭 깨물 뿐이었다. 그러자 지영이 기택을 타박했다.

"아빠는, 우리 추억도 있는데, 상의도 없이 집을 내놓고 그래요. 글고, 낼모레 죽을 사람처럼 뭔 정리를 해. 천년만년 우리 곁에서 살아야지. 아빤 내 허락 없이 못 죽어!"

"그래, 그래. 내가 잠시 미쳤었나 보다. 살아야지. 천년만년 너희들 옆에서, 하하하!"

기택은 과장된 웃음을 지었다. 태경은 씁쓸하게 돌아서며 지영에게 화풀이했다.

"아버지 얼굴이 뭐냐, 어서 지워. 촬영해야 하니."

"괜히 나한테 짜증은. 칫!"

자식들의 마음을 짐작하기에 기택은 더 감정이 상하기 전에 지영을 말렸다. 그렇게 그들의 시간은 본격적으로 시작되었다.

"우와―! 그럴싸해, 울 아버지 진짜 근사하다."

동그란 돋보기안경을 쓴 기택의 모습에 지영이 엄지를 치켜세웠다. 김구 선생님 같다며 박장대소했다. 그도 그럴 것이 말끔한 양복에 나비넥타이까지 갖추니, 이전 기택의 모습은 온데간데없고 말끔한 신사 한 명이 존재할 뿐이다.

"오빠도 대단하다. 이런 옷까지 준비해서 내려오고, 반신반의했는데 진짜 목숨 걸었구나! 그럼 나 진짜, 오빠 믿고 간다."

태경은 반응하지 않고 진지한 표정으로 모니터 앞에 앉아있는 기택에게 물었다. 화면으로 인기 유튜버의 방송과 함께 채팅창이 빠르게 올라가고 있었다.

"아버지, 이 글씨 보이세요?"

"안경 쓰니 보이긴 하는데, 글씨가 너무 빨라 정신이 없다. 뭐가 이리 빠르냐."

태경은 난감했다. 이런 것까지는 생각 못 했다. 그렇다고 지영이나 자신이 함께 방송할 처지는 아니다. 능력도 없거니와 딴 콘텐츠와 차별성이 사라질 것이다. 재기발랄한 노인의 삶, 온전히 기택만의 방송이 돼야 하는데……. 아무래도 안 되겠다.

"아버지, 돈 좀 있어요?"

"돈? 기다려 봐. 한 칠십 있을 거야."

기택은 낮은 서랍장에서 노인연금을 모아놓은 봉투

를 꺼내 태경에게 내밀었다. 돈을 보자 지영의 얼굴에
화색이 돌았다.

"오빠, 왜?"

태경은 대꾸도 하지 않고 대충 돈을 살피더니, 밖으
로 빠르게 나갔다.

"뭐야, 왜? 왜?"

그때, 지영의 휴대전화가 울렸다. 휴대전화를 살피던
지영은 화들짝 놀랐다. 얼른 방을 나와 마루 한쪽으로
가 통화 버튼을 눌렀다. 고모 애순에게서 온 통화였다.
기택이 듣지 못하도록 조심스러운 목소리로 통화했다.

"고모, 왜? 진짜? 와! 와! 무조건 와! 아버지는 내가
맡을게. 걱정 마! 응, 알써! 오키!"

전화를 끊고 돌아서는데 바로 코앞에 기택이 서 있
는 것이 아닌가! 지영은 놀라 두어 걸음 물러섰다.

"옴마야!"

"뭔 통환데 그리 속닥거리니? 이 서방이냐?"

"아니에요. 있어요, 친구."

지영은 기택의 옷매무새를 고쳐주며 화제를 돌렸다.

"아따, 엄마한텐 미안하지만, 우리 아빠 새장가 가도 되겠다. 잘났다, 오기택!"

"……."

예전 통화도 있고 해서 기택은 금세 눈치챌 수 있었다. 속닥거리는 것 보니 분명 동생 애순에게서 온 전화일 것이다. 이번 주말에 영숙이 내려오는 모양이다. 기택은 만나기 싫었다. 이런 모습을 보여주는 게 창피했다. 쓸쓸한 마음이 들어 기택은 안경과 옷을 벗었다.

"왜? 입고 있지?"

"점심 준비해야지. 태경이 오면 열무김치국수 먹게 국수 좀 삶자."

"그러고 보니, 벌써 12시네. 아빠 가만히 있어. 내가 식사 준비할게."

"아니다. 내가 준비하마."

"어허! 스타님! 스타님은 이런 거 하는 것 아닙니다!"

"넋 빠진…. 스타는 무슨……."

스타라는 말에 기택은 어이가 없었지만, 기분은 나

쁘지 않았다. 스타…… 딸의 말대로 기택은 꼭 스타가

되어야만 한다. 그래야만 사랑스러운 자식들의 앞날에

일말의 빛이 될 수 있다. 꼭 이루리라 다짐했다.

"오빠, 국수 많이?"

기택이 준 돈으로 85인치 중고 TV를 사 들고 돌아온

태경에게 지영이 물었다. 태경이 중고 TV를 사 들고 온

건, 채팅창을 최대한 크게 해서 기택이 읽을 수 있게 하

기 위해서였다.

투둑, 투두둑!

열무김치국수 위로 얼음덩어리들이 쏟아졌다. 그 모

습을 보기만 해도 태경의 이마 위에 맺혔던 땀방울이

금세 증발하는 느낌이었다. 마른 침이 꼴깍 넘어갔다.

지영이 자신의 국수를 담으며 말했다.

"오빠, 얼른 잡서봐. 아빠 열무김치 국물맛이 진짜

짱이야!"

태경은 받아든 국수를 휘휘 저었다. 그리곤 그릇을

들어 국물을 벌컥벌컥 마셨다. 얼음물로는 설명이 안

되는 천상의 시원함이었다.

"어때? 진짜 맛있지? 이걸로 장사했으면 오빠 안 망했……."

아차! 싶어 지영이 자신의 입을 막았다. 입술을 깨물며 자신의 가벼움을 반성했다.

"너도 얼른 먹어라. 팻말도 만들어야 하니, 시간 빠듯하다."

벽에 걸린 낡은 벽시계를 보니 벌써 2시가 넘었다. 지영은 자신의 국수 그릇을 들고 자리에 앉았다.

"아빠, 맛있게 드세요."

"응, 그래. 너도."

"키야! 시원하다!"

지영이 열무김치국수 국물을 들이켜며 소리쳤다. 기택 또한 국물을 들이켰지만 시원치 않았다. 아니 정확히 말해 시원함을 느끼지 못하고 있었다. 결전의 시간이 다가오면 다가올수록 두려움의 거대한 파도가 일렁이기 시작했다. 자식을 위해선 어떤 일도 해야 할 처지였지만 1인 방송의 압박감에 한편으론 도망치고 싶었다. 지금까지 느껴보지 못한 역대급 두려움이었다.

시간은 잘도 흘러간다. 어느덧 사전 구독자 수도 1,200명이 넘었다. 채널 오픈을 알리는 짧은 동영상에 댓글 수도 100개가 넘었다. 나쁘지 않은 반응이다. 그만큼 태경의 기대감은 커져갔고 그럴수록 기택의 부담감도 한없이 커져갔다.

• • •

"오빠 어디까지 가야 해? 하아, 하아!"

옷 꾸러미를 어깨에 잔뜩 짊어지고 언덕을 오르던 지영이 숨을 헉헉거리며 앞서가는 태경을 향해 소리쳤다. 태경 또한 카메라 삼각대와 장비 도구를 양손 가득 든 채 대수롭지 않게 답했다.

"좀만 더!"

보다 못한 기택이 지영의 어깨 위에 있는 옷 몇 개를 낚아챘다. 지영이 괜찮다며 사양했지만 말뿐이었다. 기택은 자신의 짐에 지영의 옷을 더했다. 이마엔 땀이 송골송골 맺혀 흘렀다.

힘겹게 언덕을 오르는 건, 방송에 필요한 오프닝 영상과 중간 전환 장면들을 찍기 위함이었다.

삶이 망가지기 전까지 태경은 지독한 계획형 인간이었다. 다시 희망이 생기자 본래의 모습으로 돌아간 것이다. 다만 그 에너지를 따라가기엔 기택과 지영은 여간 버거운 게 아니었다.

대학 연극반 시절도 마찬가지였다. 칼 같은 그의 모습에 동료들이 혀를 내두르곤 했다. 회사 생활도 마찬가지였고, 음식점 운영 때도 마찬가지였다. 다음 날의 일을 계획하고 그곳에 자신을 가뒀다. 그런 하루를 보내고 나면 성취감과 함께 완벽한 사회인이라는 느낌에 취하곤 했다. 계획을 잘 수행하는 사람이 성공한 삶을 살게 된다 믿었다.

하지만……. 거듭되는 실패 속에 그의 칼 같았던 성향도 서서히 망가져 갔다. 어느 순간부턴 아무리 계획해도 되는 게 없었기에 '될 대로 돼라!' 희망 없는 삶을 살게 됐다.

지금은 아니다.

절대 실패하지 않기 위해 그 어느 때보다 계획을 위한 계획을 세우고 또 세웠다. 이마저 실패한다면 그의 삶은 비극으로 끝날 게 뻔했기 때문이다. 더는 일어설 힘이 없게 될 것이다. 고향으로 내려오던 그날, 태경은 두 가지 감정이 치열하게 교차했었다. 희망과 좌절, 금빛 미래와 죽음……. 서로의 반대편에서 치열하게 부딪치고 부딪쳤다. 그만큼 간절했기에 계획의 처절한 늪에 발을 담가야만 했다. 어쩌면 다시는 빠져나오지 못할 마지막 늪…….

"좋아요! 캇트!"

"으하하! 우리 아버지 진짜— 잘한다. 굿뜨!"

"다음으로 갈게요. 아버지, 이번엔 거만한 표정! 레디 고!"

태경의 요구에 기택은 최선을 다했다. 요구에 부응하지 못했을 땐 태경의 목소리가 높아졌지만, 그 또한 즐거움이었다. 하하! 호호! 웃음이 떠나질 않았다. 기택은 살아있음을 느꼈다. 젊은 날 무대 공포증이 없었다면 벌써 누렸을 쾌감이었을 것이다.

"좋아요! 베리 액설런트캇트!"

태경의 목소리가 드높아질 때마다 기택과 지영은 서서히 지쳐가고 있었다. 그도 그럴 것이 벌써 다섯 시간째다. 그럼에도 태경은 결코 지치지 않았다. 준비된 콘티대로 웃는 모습, 화난 모습, 삐진 모습 등등 50가지의 표현을 촬영했고, 거기에 더해 '넋 빠진', '아구, 이쁜 내 똥강아지—', '지랄 방구에 쌈 싸먹네—' 등등 다양한 효과음까지 녹음하고 촬영했다.

아침 해를 등지고 올랐던 그들의 행위는 오후 1시가 넘도록 계속됐다. 지영은 배고픔에 슬슬 짜증이 밀려왔다. 그때 지영의 휴대전화가 울렸다. 고모 애순이었다. 화들짝 놀란 지영은 멀리 피해 도둑처럼 작은 목소리로 통화를 했다.

"응, 고모. 진짜? 알았어. 거기 그대로 있어. 내가 알아서 할게. 응, 30분? 알았어."

통화를 마친 지영은 쪼르륵 태경에게로 달려가 다짜고짜 물었다.

"언제 끝나? 지친 아버지 얼굴 안 보여? 왜 오빠 생각만 해!"

"나, 나는 괜찮다."

괜찮다곤 했지만, 기택 또한 죽을 맛이었다. 억지웃음을 비롯한 계속되는 태경의 요청에 호기롭던 기세도 서서히 지쳐가고 있던 터였다. 배고픔과 함께 온몸에서 피로를 전해왔다. 평소 앓고 있던 관절 부위는 더욱더 그랬다.

"응, 알았어. 대충 다 끝났어."

"그래? 그럼 얼른 내려가자. 배고프다."

▶ 첫사랑과 가수

앞장 서서 걷는 지영의 얼굴엔 뭔가 의뭉스러운 미소가 어렸다. 일을 마무리하고 얼마쯤 내려갔을까? 앞서 내려가던 기택의 발걸음이 멈춰 섰다. 그리고 한동안 움직이지 않았다. 언덕 아래에서 애순이 손을 흔들고 있었다. 그리고 그 옆으로 영숙이 우아한 자태로 미소짓고 있었다.

"우와! 영숙이 고모다!"

지영의 의도된 반가움으로 손을 세차게 흔들었다. 그 순간 휘익, 바람 한 자락 기세 좋게 불어와 기택을 휘감았다. 얼굴이 상기됐다. 하지만 이내 기택은 뒤돌아 산으로 다시 올랐다.

"아빠! 아빠!"

지영이 애타게 불렀지만, 기택의 발걸음은 더욱 빨라졌다. 태경은 지영을 타박했다.

"넌 눈치도 없이 쓸데없는 짓을 하고 그러냐!"

"뭐가 쓸데없어! 똑 까놓고 이게 백 퍼센트 성공한다는 보장이 어딨어! 영숙이 고모 건물이 두 채대! 나 알아서 해! 오빠는 상관 마!"

지영은 들고 있던 짐을 땅바닥에 패대기치듯 내려놓곤 영숙을 향해 뛰어갔다.

"영숙이 고모―."

어이없는 태경은 그런 지영을 바라보다 산 위를 올려봤다. 기택의 모습이 이미 사라진 지 오래였다.

저 멀리 산 아래로 영숙의 차에 오르는 지영과 애순의 모습이 보였다. 내려다보던 기택은 쓸쓸하고 울적했다. 그냥 만나서 '잘 지냈니?' 인사 한마디 건네면 그뿐인데, 죄지은 사람처럼 도망치는 자신의 모습이 얼마나 못나 보였을까……. 못난 자신의 모습에 화가 났다. 그래서인지 세상에 존재하고 있는 그 어떤 개체보다 비루하게 느껴졌다.

"하아……."

밀려 올라오는 답답함에 한숨이 절로 쉬어졌다. 나이가 들어갈수록 인간은 뻔뻔해진다. 수만 번의 경험은 더 나은 사람을 만들기도 하지만 자기 편의대로 행동하게 만들기도 한다. 기택도 예외는 아니었다. 평소, 무척이나 뻔뻔한 인간이라 생각하곤 했는데…… 유일하게 영숙에게만은 그게 쉽지 않다. 뭘 모르던 까까머리 시절에 처음으로 마음을 내어주었던, 사랑이 뭔지도 모른 채 아파했던 순수의 기억 때문일까. 그 기억이 아직도 오롯이 기택의 마음속에 남아 있었다. 남자에게 처음은……. 쉽게 흩어지는 민들레 홀씨 같은 것이 아니다.

. . .

한동네에 살았기에 기억하는 순간부터 늘 영숙과 함께했다. 오며 가며 흘낏흘낏 훔쳐본 시간의 깊이가 고요한 호수 바닥에 닿아 역류할 때쯤, 먼저 얼굴을 들이민 건 영숙이었다.

"오빠, 나 어때?"

영숙의 물음은 날카로운 창처럼 직선적이었다. 그래서인지 기택의 심장은 터져버릴 것만 같았다. 금방이라도 눈알이 튀어나올 것 같고, 모든 머리카락이 바늘처럼 쭈뼛서는, 지금 막 수증기를 뿜어내려는 압력밥솥처럼 뜨거운 순간이었다.

심지어 목련 꽃잎 같은 그녀의 순한 체취가 코끝으로 전해져왔을 땐, 순간 정신을 내려놓을 뻔했다. 그대로 그녀의 입술을 덮치고 싶은 유혹에 빠질 뻔했다. 하지만 그럴 수 없었다.

"영숙이는 서울에 있는 내 친구 아들이랑 결혼할 거야—! 겁나 부잣집이여!"

술만 취하면 영숙의 아버지는 동네방네 떠들고 다녔다. 그게 어린 기택의 마음에 커다란 성벽으로 자리 잡고 있었다. 그렇다고 영숙을 멀리하진 않았다. 시간만 되면 뚝방에 앉아 도란도란 끝나지 않는 이야기를 이어가곤 했다. 가끔 영숙이 그윽하게 바라볼 때면 기택의 모든 사고는 일시에 정지되곤 했다. 그럼에도 결코 육체적인 그 어떤 터치는 없었다. 아무것도 모르는 풋내기라 그랬겠지만, 영숙 아비의 말이 늘상 걸림돌이 되곤 했다. 그럴 때면 돈을 벌어야겠다고 생각했다. 영숙 아비에게 인정받을 만한 돈을! 그래야 영숙과 함께할 수 있다고 믿었다.

"충성! 병장 오기택, 전역을 명 받았기에 이에 신고합니다!"

영숙에게 제일 먼저 전역 신고를 했다. 군 생활 동안 기다려 주었고 면회 또한 그 먼 거리를 허락하는 대로 와 주었다. 지금 같은 세상이면 벌써 자신의 여자로 만들었겠지만, 그 시절엔 그럴 수 없었다. 잠자리를 같이한다는 건 결혼해야 가능했던 시절. 물론 영숙 아비의 말이 걸림돌이 되기도 했지만, 어쩌면 애초에 기택은 그럴 용기가 없는 사내였을지도 모른다.

"아버지! 논 팔아줘요! 나 가수가 될라요!"

뻔한 살림, 농사 지어서는 부자가 될 순 없다. 군 시

절, 부대 노래자랑 대회에서 1등을 도맡아 하곤 했기에
자신이 있었다.

"기택이는 남진보다 노래를 잘한다야—!"

"명카수여~ 카수!"

그날부터 가수를 꿈꿨다. 아무리 생각해봐도 부자가
될 방법은 그뿐이었다. 그 길로 서울로 향했다.

"영숙아, 조금만 기다려. 오빠 꼭 가수가 돼서 돌아
올게."

영숙은 대답 대신 기택의 입술을 덮쳤다. 수많은 시
간 기다리고 기다렸지만, 매번 실망감을 안은 채 집
으로 돌아가야만 했던 상기된 입술……. 더는 참지 못
하고 먼저 다가가 기택의 입술에 포갰다. 누가 먼저랄
것 없이 낮은 탄성을 내뱉었다. 시간이 멈춰버렸다. 대
기의 흐름조차 얼어붙었다. 오직 감각만이 서로를 탐
닉하고 있었다. 달콤한……. 너무나 뜨거운……. 하지
만…….

그 시간도 그리 오래 지속되지 못했다. 비릿한 무언
가가 그들의 감각 교류를 방해했다. 눈을 감은 채 얼어

붙어 있던 기택의 코 아래로 빨간 코피가 흘러내려 왔다. 부풀 대로 부풀어 오른 감각을 혈관이 버텨내지 못한 것이다. 놀란 영숙은 자신의 손수건으로 코피를 닦아주다 말고 박장대소했다. 그런 기택이 너무나 귀여운 모양이었다.

"오빠! 꼭 가수가 돼서 돌아와. 나 기다릴 거야! 무조건! 나 영숙이는 오빠 꿈을 영원히 응원해!"

마음먹은 대로 뭐든 할 수 있으면 얼마나 좋을까. 그러나 세상은 결코, 제 뜻대로 흘러가진 않는다. 기택에게도 마찬가지였다. 노력하고 노력했지만, 그놈의 무대 공포증이 문제였다. 무대 공포증이 심해져 갈 때쯤 동생 애순에게서 전화 한 통이 걸려왔다.

"오빠, 영숙이 서울 올라갔거든! 꼭 잡아! 아님, 강제로 결혼하게 될 거야! 날 잡았대!"

하필…….

자존감이 바닥일 때…….

"개자슥아, 내가 너보다 노래 잘하긋다! 끄지라!"

노래를 망친 기택은 무대에서 덜덜 떨었다. 영숙이

지켜볼지도 모른다는 생각이 드니 더욱 그랬다. 도저히 노래를 부를 수 없었다. 도망쳤다. 극단 옥상으로 올라가 뛰어내려 죽어버릴까 하는 충동이 일기도 했다. 기택은 아래를 내려다보고는 깜짝 놀랐다.

영숙이 짐가방을 든 채 허름한 극단 앞을 서성이고 있었다. 기택은 옥상 바닥에 주저앉았다. 한없이 부끄러웠다. 성공은커녕 비루한 삶에 도저히 영숙 앞에 나설 수 없었다. 한참을 서성이던 영숙이 뒤돌아 갔다. 마지막이 될 것 같다는 느낌에 기택의 두 눈이 벌겋게 상기 됐다. 급히 계단을 뛰어 내려갔지만, 그녀를 붙잡진 않았다. 그저 멀리 떨어져 뒤따르며 그녀의 뒷모습을 바라볼 뿐이었다. 그녀를 실은 고향 버스가 출발했을 때 기택은 비로소 주저앉아 울음을 터트렸다. 그토록 소중하고 아름다웠던 인연이 완전히 끝나버렸다는 상실감에 괴로워했다. 자신의 비겁함을 탓하며 주눅 든 아이처럼 소리 내어 울지도 못한 채 흐느껴야만 했다. 오장육부가 찢기는 아픔이었다.

"오빠가 잡았어야지!"

절규하는 애순의 질타가 이어졌다. 애순의 타박에도 반응하지 못했다. 한 달을 식음 전폐했다. 그렇게 한참 동안 아픔의 시간이 흐르고 난 뒤, 기택은 차라리 다행이라 생각했다. 어설피 매달려 영숙을 붙잡았다면 그녀도 함께 불행해졌을 거라고. 더 나은 사람 만나 경제적으로 여유롭게 사는 것이 그녀에겐 더 나은 선택일 거라고. 스스로 위로하고 또 위로했다. 그 마음은 지금도 마찬가지다. 자신과 이어지지 않음을 참으로 다행이라 여기면서도 영숙에 대한 미안함은 빚처럼 마음에 커다란 짐으로 남게 됐다. 도저히 갚을 수 없는…….

그래서 살아오는 동안 문득문득 그날을 떠올리곤 했다. 그때완 다르게 좀 더 멋진 사람이 되어 '그때는 내가 참 비겁했다고, 많이 미안했다고.' 고개 숙여 정식으로 사과하고 싶었다. 허나 살아오는 동안 그런 기회는 쉽게 허락되지 않았다. 인생이 여전했기에 용기를 낼 만한 상황이 애초에 만들어지지 않았다. 쭉 초라했고 여전히 초라한 부끄러운 모습 그대로였다.

"하아……."

영숙의 차가 멀어지자 기택은 다시 한번 한숨을 내뱉고는 입술을 꼭 깨물었다. 괴로움이 거센 파도처럼 일렁거렸다. 그때나 지금이나 못난 모습으로 도망치는 자신의 모습이 자꾸 떠올라 심장을 찌르고 또 찔렀다.

"오빠, 난 오빠 꿈을 영원히 응원해!"

그날, 영숙의 목소리가 자꾸 들리는 것만 같아 괴롭기만 했다.

▶ 아버지의 사랑

허름한 다방 구석에 지영과 영숙이 커피를 사이에 두고 앉았다. 영숙의 얼굴엔 연륜이 쌓인 미소가 어려 있었고, 지영의 얼굴엔 의도가 잔뜩 서린 반가움이 가득했다.

"와! 영숙이 고모는 언제 늙을 거야? 나랑 언니 동생 해도 되겠네."

"할까?"

"호호! 못할 게 뭐 있어요. 해요! 언니!"

"얘는, 네 아버지가 네 너스레 반만 닮았어도……."

지영은 이내 고개를 절레절레 저었다.

"안 돼요, 아빠는 절대 안 돼요. 애초에……. 그건 그렇고, 고모는 우리 아빠 좋죠?"

직설적인 지영의 물음에 영숙은 잠시 당황했지만 이내 말문을 열었다.

"그리운 사람이지. 늘……."

영숙의 대답에 지영의 눈빛이 빛났다. 좋다, 싫다는 단순한 감정이 아닌, 긴 시간 동안 겹겹이 쌓인 그리움의 깊이가 진정성 있게 느껴지는 목소리였다. 딱! 듣고 싶은 맞춤 대답이었다. 자신감이 생긴 지영은 더욱 직설적으로 말했다.

"고모, 난 그렇게 생각해. 어차피 한번 사는 인생이잖아. 이것저것 생각하면 아무것도 못 한다. 마음 가는 대로! 난 아빠랑 고모가 같이 살아도 난 쌍 박수 칠 거야!"

당황스러운지 영숙이 얼굴을 붉혔다.

"애는……. 난 그냥……."

"아니, 말이 나와서 말인데, 우리 아버지가 살면 얼마나 살겠어요. 10년? 15년? 고모, 내 말 뭔 말인지 알죠?"

"으응…….."

"아까, 아버지 고모 보고 도망치는 거 봤죠? 그거 아직도 고모가 맘에 있어서 그래요. 고모, 나만 믿어요. 알겠죠?"

"난 그저 친구처럼 말이나 섞고."

"어허! 진짜 속마음 그거 아니잖아요?"

지영은 혼잣말하는 척 기지개를 켜며 영숙이 들으라는 듯 조금은 크게 말했다.

"아―, 영숙이 고모가 우리 엄마면 좋겠다―!"

* * *

영숙이 기택과 함께하는 노후를 생각해보지 않은 것은 아니다. 잠깐이나마 그런 상상을 해보긴 했었다. 하지만 거기까지였다. 간간이 만나 옛날이야기나 하며 남은 시간을 친구처럼 보내면 좋겠다고 생각했을 뿐이었다. 하지만 막상 지영의 말을 듣고 나니 심장이 두근거리는 건 어쩔 수 없었다. 그녀에게도 기택은 지울

수 없는 존재였다. 지난날의 추억이 주마등처럼 스쳐 지나갔다.

사실 기택을 만나러 간 그날, 영숙은 구석 자리에서 기택의 무대를 지켜보고 있었다. 두근거리는 마음으로 두 손 꼭 모은 채 지켜본 기택의 무대는 이내 안타까움으로 변했다. 무대 위에서 애처롭게 떨던 내 사랑…….한걸음에 달려가 안아주고 싶었지만 그러지 못했다. 기택의 성격상 더 큰 상처를 받고 도망칠 게 뻔했다. 그녀는 알고 있었다. 극단 앞을 서성일 때도, 버스가 떠나갈 때도 기택이 자신을 지켜보고 있었음을……. 뒤돌아 달려가 기택의 품에 안기고 싶었다. 엉엉 울며 그깟 가수 안 해도 된다고, 나만의 가수가 되어 달라 앙탈을 부리고 싶었다. 살아오는 내내 그날 그랬으면 어떻게 됐을까 생각하곤 했다. 뾰족한 답을 얻진 못했지만, 문득문득 그런 생각이 들곤 했다.

그렇다고 결혼 생활이 불행한 건 아니었다. 자상한 남편에 아이들까지 잘 자라주었다. 무난한 삶 그 이상이었다. 남자는 첫 여자를 기억하고 여자는 마지막 남자를 기억한다고들 한다. 하지만 적어도 영숙은 아니었다. 듣기 좋은 음악을 듣거나, 그 시대의 화면을 보게 되는 날이면 그날이 그리워지곤 했다. 어린 기택의 환한 미소가 떠오르곤 했다.

나이가 들어갈수록 인간은 추억으로 먹고산다고 한다. 영숙은 기택과 함께 그날의 상황과 감정을 한 번쯤 소탈하게 이야기해보고 싶었다. 더불어 기택의 입을 통해 그 답을 직접 확인하고 싶었다. 그래서 한 번쯤 만나 이야기하고 싶었는데……. 기택은 늘 자신을 피하려 했다. 그런 기택이 못내 야속했다.

• • •

지영과 영숙의 대화는 그 후로도 한동안 계속됐다. 그들의 만남은 읍내 정중앙에 있는 황금당이라는 금은방에서 우정의 은반지를 맞추곤 끝이 났다. 영숙이 금반지를 사주겠다고 했지만, 지영은 거부했다. 난 당신의 돈을 노리지 않으며 둘의 사랑을 간절히 응원한다는 뜻을 전달하기 위함이었다. 물론 맘에 없는 처사였다. 더불어 훗날 얻게 될 더 큰 이익을 위한 포석이었다.

"넌, 바쁜데, 어딜 갔다가 이제 와! 할 게 산더미인데!"

태경은 낮에 찍었던 영상을 편집하다 말곤 짜증 나는 목소리로 귀가하는 지영을 다그쳤다. 지영은 헤헤거리며 손을 들어 은반지를 자랑했다.

"이거 봐라! 영숙이 고모랑……."

태경은 지영의 그런 모습이 마음에 들지 않았다. 그래서 버럭 소리를 질렀다.

"어쩌려고 그래! 아버지 알면!"

"오빤 잠자코 굿이나 보고 떡이나 얻어먹어! 영숙이 고모는 확실한 물주야. 이게 성공한다는 보장이 어디 있어?"

"이게! 아주 초를 쳐라! 그럴 거면 넌 빠져!"

"됐고! 아버지는 어디 있는데?"

"아이씨, 내일이면 첫 방송인데, 아버지까지 왜 이

러냐."

그때 기택이 대문을 열고 들어왔다. 지영은 자신도 모르게 은반지 낀 손을 허리 뒤로 감췄다. 우울한 얼굴을 한 기택의 모습에 태경은 너스레를 떨었다.

"아버지, 이리 오셔서 이것 좀 보세요."

태경은 기택을 모니터 화면 앞으로 이끌었다. 방송 중간중간에 넣을 다양한 인서트 화면과 효과음들을 들려줬다.

"깔깔깔, 우와 오빠 재주꾼이다. 겁나 웃겨! 아버지, 웃기지?"

지영이 기택을 채근했지만, 기택은 무표정하게 내려 보며 시큰둥 말했다.

"좋구나."

"……."

잠시 침묵이 흘렀다. 그게 부담스러웠는지 기택이 돌아서며 입을 열었다.

"밥 먹자."

"아버지, 식사 안 했어요? 난 영숙이 고모랑 먹었는

데. 오빠는?"

"나도……. 먹었지. 경로당에서 드시고 오는 줄 알았
지."

"알았다. 내 알아서 먹으마."

"아버지, 내가 차려줄게."

"일 없다."

▶ 아이들의 어머니 그리고 사랑

기택은 지영의 선심을 뿌리치곤 홀로 밥상을 차려 먹었다. 밥상 앞으로 벽에 걸린 금자의 사진이 기택을 내려다보고 있었다. 기택의 마음이 투영되어서 그런지 몰라도 걱정된 눈빛이었다. 그런 그녀에게 기택은 옅은 미소를 보냈다.

'걱정 마. 난 아비잖아. 잘할게…….'

살아생전 금자는 기택에게 너무나도 고마운 존재였다. 그녀가 없었다면 그의 인생은 서울에서 내려 온 순간 망가졌을 것이다. 그녀는 흔히 말하는 곰 같은 여자였다. 어떤 일에 있어서 채근하거나 잔소리를 늘어놓지 않았다. 그저 묵묵히 기다려 줄줄 알았고, 그래도 되지 않을 땐 스스로 해결하려 했다. 반면에 때로는 애교를 떠는 여우 같은 면도 있었다. 뛰어난 미녀는 아니었지만, 둥글둥글 복스러운 얼굴이었다. 그렇다고 기택이 처음부터 마음을 연 건 아니었다. 영숙에 대한 미련이 남아 있었다. 영숙이 첫 아이를 낳았다는 소식을 듣기도 했지만, 그녀를 향한 마음이 쉬이 가시지 않는 상태였다.

아버지의 강요에 의한 몇 번의 만남, 그저 데면데면 시간을 보내다가 헤어지곤 했다. 기택은 마음을 열지 못한 채 혼인을 하게 됐다.

"나와 결혼하게 되면 당신은 분명 불행해질 거예요."

기택의 경고에도 금자는 그저 미소지을 뿐이었다.

"아닐 걸요. 내가 그렇게 안 만들 걸요."

금자의 해맑은 웃음에도 기택은 후회하게 될 거라며 고개를 가로저었다. 금자는 그저 기택이 좋다고만 했다. 자신을 사랑하지 않아도 된다 했다. 잘생겼다며, 자기 주제에 어디 가서 이런 남자를 만나겠냐며, 평생 얼굴 뜯어 먹고 살겠다 했다. 금자의 그런 말들이 쌓이고

쌓여 알게 모르게 기택의 자존감을 서서히 회복시켰다. 마음을 열게 된 결정적인 계기는 신혼 첫날 밤에 일어났다.

영숙이 결혼한 지 2년이 지났다. 그럼에도 기택의 마음속엔 다른 여자가 들어올 공간이 없었다. 금자도 예외는 아니었다. 그녀가 좋은 여자임은 분명했다. 아니, 자신에게 너무나 과분한 여자라 생각했다. 하지만……. 2년이란 시간은 영숙을 지우기에 충분치 않았다. 결과적으로 여든 살이 가까운 지금까지도 그 감정을 마음 한편에 두고 있지만……. 어쨌든 기택은 첫날 밤에도 금자를 안을 마음이 없었다. 다른 여자를 마음에 두고 금자를 품는다는 게 두 사람에게 다 미안한 일이었다. 그래서 머뭇거리고 있었다. 그때 금자가 품속에서 무언가를 꺼내 기택 앞으로 내밀었다.

"할머니가 몰래 챙겨준 100만 원이에요."

금자의 집은 제법 부잣집이었다. 아버지가 강제로 혼인시킨 까닭이다. 게다가 임대료 없이 무상으로 논 네 마지기를 경작할 수 있게 해주었다. 기택의 집 처지에서 보면 금자는 복이 넝쿨째 굴러들어온 형국이었다.

"이 돈으로 서울 올라가서 가수해요. 나머진 제가 벌어서 뒷바라지할게요."

금자의 말에 순간 기택의 눈이 커지고 귀가 혹했다. 접어두었던 가수의 꿈이 잠시 꿈틀거렸다. 하지만……. 무대 공포증만 아니었다면 그날 밤 야간 기차를 탔을 지도 모른다.

"……."

기택의 코끝이 시큰해져 왔다. 지금 자신의 처지를 이해해주는 유일한 사람은 금자뿐이었다. 감사하고 고마웠다.

그때 100만 원은 지금으로 따지면 600만 원 정도에 불과하지만, 당시 기택이 느끼기엔 그 이상이었다. 헤아릴 수 없는 벅찬 감동이 일었다. 그래서 기택은 자신도 모르게 금자를 안았다. 감사함에 눈이 충혈됐다. 지금처럼 전기가 흔한 세상이었으면 금자에게 눈물을 들키고 말았을 것이다. 그렇게 한 꺼풀 마음이 열리고 둘은 하나가 됐다. 부부로서 첫 발걸음을 뗐다. 그렇다고 살가운 부부는 아니었다. 순전히 기택 때문이었다. 기택에게만은 발랄했던 금자, 그에 비해 기택은 언제나 무뚝뚝했다.

"아무도 없는데 노래 한 곡 뽑아봐요."

"넋 빠진……."

기택은 애써 무시하고 제 할 일만 했다. 기택이 기분 좋아 보이면 금자는 종종 노래를 요청했지만, 번번이 무시됐다. 그런 기택이 못 돼 보였는지, 사춘기에 접어든 지영이 기택에게 물었다.

"아빠는 엄마를 꽃으로 비유하면 무슨 꽃 같아요?"

"글쎄……."

어물쩍 대답을 피했다.

"생각하는 꽃이 있기나 해요?"

있다.

호박꽃…….

놀림감으로 쓰여 그렇지, 가만히 들여다보면 호박꽃은 참으로 많은 미래를 보장한다. 벌과 나비들에겐 풍성한 꽃가루를 제공하고, 어린 호박잎은 인간의 입을 즐겁게 한다. 그 어느 열매보다 풍성한 열매는 한겨울 가족 모두를 한자리에 불러 모은다. 도란도란 호박죽을 먹는 달콤한 추억을 제공한다. 꽃으로 보아도 절대 나쁘지 않다. 보는 이에 따라 아주 예쁘다. 별 모양의 크고 선명한, 초록 잎 사이로 피어난 노란 꽃은 무더운 여름날 충분히 눈을 즐겁게 한다. 심지어 꽃마저도 튀김으로 부쳐 먹으면 그 맛 또한 별미다. 아무튼, 버릴 것 하나 없는 멋진 존재다.

그렇다고 기택이 금자를 그렇게 생각하는 건 꼭 그런 의미 때문만은 결코 아니다. 자신을 묵묵히 바라봐주고 사랑해주는 커다란, 말로 표현할 수 없는 그런 느낌 때문이다. 열정적으로 사랑하는 것은 아니지만 언젠가부터 기택의 마음 또한 그녀의 남자가 되어 있었다. 어쨌든 기택에게 있어서 금자는 초여름 맨 먼저 핀 호박꽃 같은 존재였다.

그런 그녀가 딱 한 번 자신의 속내를 드러낸 적이 있었다. 태경이 고등학교 2학년 때쯤이었을 것이다. 그날은 메주를 쑤는 날이었다. 잘 삶은 콩을 비료 포대에 넣고 발로 자근자근 밟아 삶은 콩을 으깨는 작업을 하고 있었다. 기택은 그 옆에서 메주를 매달기 위해 짚으로 새끼를 꼬고 있었다. 태경은 삶은 콩이 밀려 나오지 않도록 비료 포대 입구를 꽉 잡고 있었다. 금자가 정성스레 비료 포대를 밟고 있는데 태경이 장난기 있는 목소리로 금자에게 말했다.

"엄마, 힘들지? 비료 포대가 아빠라고 생각하고 밟아봐. 그럼 하나도 안 힘들걸."

"그럴까?"

이내 금자에 얼굴에 장난스러운 미소가 어렸다. 이윽고 금자가 펄쩍 뛰어올랐다.

"이놈의 영감탱이가 말을 해야지! 복장 터져 죽겠네—! 내가 그렇게 듣고 싶다고 했는데, 그깟 노래 한 가닥 불러주면 목이 부러지나! 아이고 내 팔자야."

펄쩍! 펄쩍!

그녀의 행동이 얼마나 과격했는지, 태경은 잡고 있던 비료 포대 입구를 놓치고 말았다. 덕분에 메주콩이 밖으로 튀어나왔다. 예상 못 한 금자의 행동에 당황하던 태경이 박장대소하며 소리쳤다.

"우하하하! 우리 엄마 높이뛰기 선수인 줄! 아이고, 우리 아버지 죽겠네—! 우리 아버지 불쌍해서 어쩌누!"

태경이 흘러나온 메주콩을 훔치며 너스레를 떨었다. 금자 또한 어떤 응어리가 풀려나가는 느낌이었다. 그래서인지 속 시원한 표정을 지으며 흥에 겨워 소리쳤다.

"내가 이 촌구석에 시집만 안 왔어도, 높이뛰기 선순가 뭔가 그거 됐을 거다. 아이고 시원타. 높은 곳 공기가 정말 시원하구나—!"

기택에게 들으라는 듯 금자는 뼈 있는 속내를 드러냈다. 기택은 그런 금자를 보곤 너털웃음 한번 짓더니 이내 자리를 떴다. 뭔가 마음이 불편했다.

한참을 깔깔거리던 금자는 이내 기택에게 미안해졌다. 기택에게 노래는 건드리지 말아야 할 지난날의 아픈 상처라는 걸. 그 상처를 누구보다 잘 이해하고 있지만, 쉬이 털어내지 못한 기택이 야속한 건 어쩔 수 없었다. 홀홀 털어버리고 나면……. 지금보다 더 사이가 낫지 않을까, 더 살가워지지 않을까. 그게 무척이나 속상한 일이었다.

· · ·

"날 위해 노래 한 곡 불러줄 수 있어요……?"

금자의 삶이 얼마 남지 않은 어느 초여름날 기택은 금자에게 처음으로 노래를 불러줬다. 금자가 큰 병을 얻었을 때 기택은 비로소 그녀를 무척이나 사랑하고 있었음을 깨달았다. 하늘이 무너지는 느낌이었다. 금자 곁에 붙어 지극히 간호했지만, 불행히도 차도가 보이지 않았다. 결국, 집으로 돌아가 둘만의 시간을 보내라는 처방을 받았다. 병원에서의 마지막 밤이었다. 서글픔에 금자는 기택에게 부탁했다.

"당신 노래 듣고 싶어요……. 안 되겠죠……?"

금자의 요청은 이제 당신과는 끝이라는, 당신과 함께 하는 시간은 이제 더는 허락되지 않을 거란 소리처럼 들렸다. 기택의 코끝이 시큰해져 왔다. 호박꽃 같은 그녀가……. 더는 존재하지 않게 될 것이다. 기택은 고개를 끄덕였다. 그리고 낮게 흐느끼듯 노래를 불렀다. 기택의 입에서 흘러나온 노래는 뜻밖에도 〈장미〉라는 '사월과 오월'의 노래였다.

"당신에게선— 꽃내음이 나네요— 잠자는 나를 깨우고 가네요—"

흐느끼는 듯한 기택의 목소리가 들려오자 금자는 이내 감정이 올라왔다. 금자는 오롯이 기택의 목소리만을 들으려 눈을 감았다. 절제된 그러나 슬픈 기택의 목소리는 금자의 가슴을 후벼 팠다. 행복했다. 눈을 감은 시야 사이로 사방천지 장미꽃이 흐드러지게 피어나고 있었다. 평생을 데면데면한 관계로 살아왔을지는 모르지만 그래서 기택을 더 사랑하게 됐는지도 모른다고, 자신의 선택이 틀리지 않았음을 온몸으로 느끼고 있었다. 사랑은 순식간에 타오르는 불꽃이 아니라 서서히 스며드는 스펀지 같은 것. 적어도 기택과 금자의 사랑에서는 그랬다.

"당신을 부를 땐— 장미라고 할래요……. 흑흑."

기어코 기택이 눈물을 보이고 말았다. 금자를 향한

안타까움의 눈물이기도 했지만, 진정으로 최선을 다한 자의 카타르시스 눈물이기도 했다.

"당신……. 가수 맞네요."

금자가 눈물이 그렁그렁한 채로 엄지를 치켜세웠다. 금자의 인정에 기택은 감정이 복받쳐 올랐다. 기택은 고개를 숙인 채 어깨를 들썩였다. 그 모습을 본 금자는 침대에서 내려와 기택을 토닥였다.

"이렇게 잘 부르는 사람이 그동안 어찌 참았을꼬."

금자의 토닥임에 기택은 결국 짙은 슬픔을 토해냈다.

"내가 미안해, 내가……. 그깟 노래가 뭐라고, 이제야 불러주고. 끅, 끄윽."

그렇게 둘은 한참을 흐느꼈다. 지나온 시간을 함께 복기하며 서로의 감정을 교류했다.

"아이고야, 저승 가서도 환청처럼 들리겠네."

기택은 시도 때도 없이 금자를 위해 노래를 불렀다. 그동안 못 해줬던 노래를 일시에 보상해주려 했다.

"또 듣고 싶은 노래 없어?"

"거, 그거 들려줘요. 돋아난 가시, 그거."

"〈장미〉라고 몇 번이나 말해요."

"됐고, 당신이랑 살며 돋아난 가시가 몇 개나 되는 줄 알아요? 수천 아니 수만 개……."

"알았어. 알았어. 그만! 어험! 당신에게선—."

기택이 〈장미〉 노래를 불러줄 때마다 금자는 감동했다. 무뚝뚝하기만 하던 그의 마음 속에서 자신이 장미였다는 사실이 너무나도 행복했다. 여자는 죽을 때까지 사랑하는 이에게 여자로 남길 원한다. 생명이 다해가는 게 느껴지는 시간들, 금자는 비로소 사랑에 충만한 느낌이라며 환한 미소로 기택에게 고마움을 전하곤 했다.

너무나 소중한 나날이었기에 더 많은 날을 함께하길 원했지만, 죽음의 시간은 야속하게도 그녀를 덮쳤다.

"그동안……, 고마웠어요. 내가……, 진짜 사랑했던 가수님……."

꼭 감은 눈가로 촉촉이 배어 나오는 행복한 눈물……. 금자는 그렇게 편안히 눈을 감았다. 그런 금자를 품에 안고 기택은 그녀에게 마지막 노래를 들려줬다. 슬픔에 목이 메 목소리가 나오지 않았다. 흐느끼듯 불렀다.

"다앙신에게― 흑 흐흐흥―"

하지만 마지막 구절만은 금자의 귀에 대고 속삭이듯 또렷하게 불렀다.

"당신을 부를 땐 장미라고 할래요. 흑흑흑……."

호박꽃으로 다가온 사람…….

장미가 되어 떠났다.

하지만 기택의 마음속에 금자는 여전히 호박꽃 같은 여인이며 장미 같은 여인이었다. 장미보다 더 예쁜 호박꽃 같은 여자. 자신의 인생에 풍성함만을 남기고 떠난 여인. 추운 겨울날 달콤한 호박죽을 끓여 먹듯, 홀로 남겨진 시간 동안 그녀를 추억하며 그리워하고 또 그리워하리라.

"내가 많이 사랑했나 봐요……. 너무 늦게 알아 미안해요……."

얼음처럼 차가운 금자의 입술에 기택은 마지막 키스를 했다. 호박꽃! 울 밑 담장이나 밭두렁에 흔히 피어 관심도 받지 못한 채 무심코 지나치곤 했던, 그래서 대접받지 못했던 삶. 모든 어머니가 그렇듯 금자의 삶도 그렇게 끝났다. 그리고 홀로 남겨진 남자. 그 남자의 외로움은 지난날에 대한 후회와 반성으로 오롯이 채워질 것이다.

"그리워요……, 당신의 향기가…….”

▶ 승승장구!

"너 정말 이러기야! 이딴 식으로 하려면 때려치
워!!!"

소리치는 태경의 눈에 핏발이 서려 있었다. 첫 방송
시간이 가까워져 오자 태경의 신경이 곤두섰다. 마음
만 급할 뿐 속도가 나지 않는 차를 운전하는 기분이었
다. 준비한다고 준비했는데, 허술한 것투성이, 그 와중
에 지영이 시킨 것을 하지 않고 영숙과 메시지를 주고
받으면서 희희낙락거리자 태경의 화가 머리끝까지 솟
구쳤다.

지영도 지지 않고 태경을 향해 소리쳤다. 지영은 어
릴 때부터 맘먹은 대로 되지 않거나 화가 나면 비명을

지르는 습관이 있었다.

"너, 이씨—!"

"열심히 일하다가 잠깐 쉬는 건데, 그것도 못 봐! 올 케한테도 이렇게 사람 들들 볶았어? 아이고 올케 불쌍 하다!"

"야이, 여기서 올케가 왜 나와! 너 그딴 식으로 나올 래!"

"숨을 못 쉬겠어, 숨을!!!"

둘의 목소리가 높아지자 기택이 참지 못하고 버럭 소리를 질렀다.

"그만!!!"

"……."

조용해지자 기택이 태경을 따로 불러 밖으로 나갔다.

"태경이 나 좀 보자."

대문 밖을 나선 둘은 한참 동안 말없이 앉아 있었다. 기택이 쉽게 입을 열지 않자 태경은 조바심이 났다. 준 비해야 할 일이 태산인데. 더는 참지 못하고 입을 떼려 는 순간, 기택이 입을 열었다. 그 말에 태경은 눈알이 튀어나올 것만 같았다.

"멈췄으면 한다."

마지막 기회라 생각하고 내려왔는데, 멈추라고? 태경은 화가 치밀어 올라 버럭 소리를 질렀다.

"아버지! 여기서 그만두자고요? 전 그렇게 못해요!"

기택은 긴 한숨을 내뱉더니 말을 이어갔다.

"흥분하지 말고 내 이야기 좀 잠시 들어보렴. 난 네가 여기 내려오는 순간부터 좋았다. 지금도 꿈인가 생신가 싶다. 이렇게 가슴이 쿵쾅쿵쾅, 정말 너와 이 일을 죽을 때까지 계속하고 싶구나."

"그런데, 왜요?"

"……. 너무 급한 것 같구나. 숨 쉴 틈이 없어. 우리가 이리 급한데 보는 사람들은 오죽하겠니?"

"……."

"태경아, 네가 똑똑하게 많이 준비하는 건 아는데, 근데 날 좋아해 준 친구들은 나의 완벽한 모습을 원치 않을 거야. 뭔가 허술한 촌 늙은이니까, 호기심에, 얼마나 모자란 지, 얼마나 웃긴 짓을 할지, 그런 걸 보며 좋아했을 거야. 내 살펴보니, 완벽한 방송은 차고 넘쳐나는 것 같더구나. 그들과 똑같다면 굳이 늙은 날 찾아볼 필요가 없지 않을까? 그냥 시골 외가에 놀러 온, 그런 모습이 좋지 않을까?"

"!"

태경은 망치로 머리를 맞은 느낌이었다. 그저 시골 촌 노인네인 줄 알았는데……. 기택의 생각은 너무나도 합리적이었다. 태경은 돈 벌 궁리에 어떻게 하면 좀 더 자극적인 재미를 추구해 구독자를 늘릴까 하는 생각만 했지, 왜 라떼할배를 좋아할까 하는 원초적인 의문을 품지 못했었다. 라떼할배로서 기택의 존재 가치를 생각지 못하고 그저 아버지를 도구화할 생각만 한 잘못된 판단, 미안함이 밀려왔다.

"급한 건 아는데, 그럴수록 좀 천천히 가보지 않을래?"

"……."

기택의 일리 있는 말에 계획이 흐트러져 버렸다. 태경은 혼란스러웠다. 앞으로 어떻게 해야 할지……. 막연한 막막함…… 숨통이 조여오는 느낌이었다.

"오늘 첫 방송만 이 아버지를 믿어줄래?"

"!"

"내 생각이 맞는다면 그리 나쁘지는 않을 것 같구나."

"아버지 생각이 뭔데요?"

기택은 씨익! 의뭉스러운 미소를 짓곤

"글쎄, 어찌 되겠지……. 한데, 부탁이 하나 있다."

태경의 계획은 전면 수정됐다. 기택의 부탁은 그리 어려운 것이 아니었다. 그리고 기택의 계획은 태경이 듣기에도 그럴싸했다. 분주함 속에 첫 방송 시간이 바로 코앞으로 다가왔다.

첫 방송이 시작되기 전인데도 구독자는 삼천 명을 넘어갔다. 그만큼 기택의 방송에 관심을 가지는 이들이 많았다. 실내는 긴장감이 감돌았다. 태경은 태경대로, 지영은 지영대로. 긴장한 이들은 그들뿐만이 아니었다. 기택의 첫사랑인 영숙을 비롯해 애순, 태경의 아내인 경숙과 딸 정은도 방송이 시작되길 손꼽아 기다리고 있었다.

그런데 어떻게 된 일인지 방송이 코앞인데 실내 어디에도 기택의 모습은 보이지 않았다. 시간은 흘러 드디어 방송 시간. 태경이 긴장된 표정으로 시작 버튼을 눌렀다.

3, 2, 1! 경쾌한 음악과 함께 라떼TV 시그니처 마크가 화면에 떠올랐다. 그리고 하단으로 '라이브 방송을 시작했습니다.'라는 안내문. 곧이어 거나하게 술 취한 기택의 목소리가 들려왔다. 처음 촌극이 있던 그날의 목소리였다.

"라떼는 말이야—, 완빠치, 투빠치, 쓰리 강냉이—."

그 목소리를 배경으로 경쾌한 음악과 함께 인트로 영상이 펼쳐졌다. 지금의 라떼할배가 존재하게 된 그날의 영상을 선두로 인터넷 사용자들이 만든 기택의 각종 유쾌한 밈들이 이어졌다. 보는 이로 히여금 절로 미소가 일게 했다. 구독자들의 호응을 단숨에 일게 하기 충분했다. 1분 여간 인트로 영상이 끝나고 드디어 방송이 시작되는가 싶었는데……. 어찌 된 일인지 아무것도 없는 빈 화면. 이윽고 녹색 무언가가 화면 위에서 스멀스멀 내려오더니, 화면을 녹색으로 꽉 채웠다.

'뭐야? 방송사고야?', '어찌 된 일?', '할배 어디 갔어?' 채팅창으로 무수한 글들이 올라갔다. 녹색화면을 한 채로 몇 초쯤 지났을까? 그 위로 기택의 술 취한 목소리가 들려왔다.

"라떼는 말이야―!"

동시에 녹색 무언가가 화면에서 멀어졌다. 그 녹색의 정체는 소주병이었다. 소주병을 손에 든 기택의 모습은 만취한 그 날의 모습이었다.

"라떼는 말이야, 유랑극단 시작할 때, 먼저 노래 한 곡 부르고 시작했어. 음악 큐!"

기택의 외침에 경쾌한 음악이 흘러나왔다. 가수 현숙의 〈춤추는 탬버린〉이었다. 채팅창은 난리가 났다. '역시, 라떼 할배!', '소주병 어김없이 등장!', '진정한 방송은 음주 방송!' 시청자 또한 급속하게 늘어났다. 실시간 1,500명을 넘어 1,800명, 2천! 태경의 얼굴이 화색이 돌았다.

"홀라, 홀라, 홀라― 홀라 춤을 춘다 탬버린!"

술 취한 듯, 안 취한 듯, 신명 나면서도 구성진 기택의 목소리에 절로 미소가 지어졌다. 과하지 않는 춤사위에 술에 취한 듯 삐쩍 거리는 모습에 절로 박장대소! 기택의 우스꽝스러운 모습이 얼마나 흡입력이 있었는지, 채팅창의 글들이 멈춰있었다.

"춤추는 탬버린! 빠빰 빠!"

기택은 오른손 검지를 번쩍 들어 멋진 포즈로 마무리했다. 끝남과 동시에 채팅창이 난리가 났다. 그런데도 기택은 한동안 그 포즈를 유지했다. 채팅창에 박수 이모티콘들로 가득 찼다. 끝없이 계속됐다. 기택은 쾌감에 휩싸였다. 두려웠던 마음이 일시에 사라졌다. 그래서인지 자신감 있게 화면 앞으로 나섰다.

"아이고야, 이게 누구야, 우리 사랑스런 똥강아지들이네. 어때? 이 할배 재롱 괜찮았어? 응, 그래, 고마워―. 첨하는 방송이라 심장이 으아―! 저승사자가 눈 앞에서 왔다 갔다 하네. 별거 없어. 그냥 외가 할배한테 놀러 왔다고 생각하면 돼."

그때, 태경이 종이를 들어 보였다. 구독, 좋아요, 요청 글이었다.

"이 할배가 나이가 좀 돼야. 금방이라도 저승사자랑 하이파이브해도 되는 나이야. 그래서 그러는데, 구독, 좋아요, 부탁해!"

'으아, 저승 협박에 구독 안 할 수 없네.', '다들 고고!, 내일이면 못 보는 방송이라잖아!', '으하하하! 저승사자 특별 출연하는 거 아냐.' 유쾌한 반응들이 넘쳐났다.

이후, 시시콜콜한 잡담들이 오갔다. 그런데도 분위기는 최고였다. 돌아가신 할아버지, 할머니, 부모님이 생각난다며 울먹이는 시청자도 있었다. 어느새 실시간 시청자가 3천 명이 넘어가고 있었다. 태경은 입가에 어리는 미소를 주체할 수 없었다. 첫 방송치곤 대박 성공인 셈이다.

"우리 똥강아지들, 새 나라에 어린이는 일찍 자고 일찍 일어나야 하는 거야. 이 할배도 맘만은 아주 어린 어린이라 인제 그만 자야겠네. 다들 잘 자고—! 아 참! 아직도 구독, 좋아요, 안 누른 어린이가 있다면 오늘 밤 망태 할배 찾아간다! 그럼 울 똥강아지들 예쁜 꿈 꾸렴!
어흥!"

호랑이 포즈를 마지막으로 방송은 종료됐다. 그제야
긴장이 풀리는지, 기택은 긴 한숨을 내뱉었다. 순간, 지
영이 달려와 기택을 안으며 소리쳤다.

"우와, 울 아버지 연예인이네. 이런 재능이 있다니,
울 아빠 최고! 톱스타여, 톱스타!"

"야는……."

지영의 너스레가 싫지는 않았다. 오히려 딸에게 인
정받는 것 같아 기분이 좋았다.

"대박! 구독자가 만 명이 넘었어. 조회수도 급격하게
늘고 있어!"

태경이 함박웃음을 지으며 기택을 향해 엄지를 치켜
세웠다. 기택은 여유로운 미소를 지으며 약간의 거드름
을 피웠다.

"너들이 잘 모르나 본데, 아빠가 소싯적에 좀 놀았어
야, 이 정도론 약하지—."

"진짜, 아버지 다시 봤습니다. 제 생각이 틀렸어요.

아버지가 하자는 대로 하는 게 맞았어요. 아버지만의 매력이 확실히 있네."

"아니야, 조금만 늦게 가자고 했던 것뿐, 네가 하고 싶어 했던 것, 이 아버지가 다 해낼 테니까. 난 우리 아들 믿는다. 넌 멋진 아들이야!"

순간, 태경의 눈이 시큰했다. 성인이 된 이후로는 칭찬 비슷한 걸 받아본 적이 없었다. 사업이 망한 후론 더욱 그랬다. 누군가에게 인정받는다는 것, 그것도 자신의 아버지에게 인정받는다는 것은 참으로 벅찬 감정이다.

"예, 아버지……."

"아빠, 나는!"

질투가 났는지 지영이 보채자, 기택은 두 자식을 안았다.

"넌 아빠에게 최고 미녀지! 좋다, 좋아! 우리 아들딸, 미안하다, 아주 예전부터 이리 안아줬어야 했는데……. 예전엔 내가……."

지난날이 주마등처럼 지나갔다. 금자에게 그랬던 것

처럼, 자신의 자식들에게도 무뚝뚝했던 지난날이 후회
스러웠다. 이렇게 예쁜 아이들인데……. 기택은 이 순
간의 행복을 지켜내고 싶었다. 자신으로 인해 빚을 다
갚는 그 날까지 아프면 안 된다 다짐하고 또 다짐했다.

▶ 실버버튼과 문신남들

첫 방송 이후 일사천리였다. 맛깔나게 차려 먹는 시골 밥상 먹방은 물론 냇가에 물고기 잡는 모습, 인생 상담 등 기택의 일상적인 모습을 보여줬다. 그때마다 기택의 순수한 재치가 빛났다. 그렇게 며칠의 시간이 흐르고 비로소 때가 됐다. 구독자 1만이 넘었을 때쯤, 태경의 프로젝트가 본격적으로 가동됐다. '백세시대, 라떼할배가 간다!'라는 슬로건 아래 기택의 100가지 도전 과제가 펼쳐졌다. 댄스, 스포츠, 전국노래자랑 대회 나가기 등등. 물론, 기택의 이미지를 생각해 너무 고급스럽지 않은 적당한 수준의 색깔을 유지하려 했다. 소소하지만 볼만 했기에 구독자는 꾸준히 늘어났다. 그러다 어느 순간 구독자 수가 기하급수적으로 늘어나기 시작했다. 겨우 몇 달 지났을 뿐인데 첫 수입 3백만 원을 얻게 되었다. 너무나 기쁜 일이었다.

그래서인지 새벽 안개 사이로 풀을 뽑는 기택의 손은 흥에 겨웠다. 정신없이 바쁜 와중에도 금자의 무덤 돌보는 걸 거르진 않았다. 그 결과 기나긴 장마가 지나갔음에도 금자의 무덤은 풀 한 포기 쉬이 허락되지 않았다. 기택은 풀을 뽑으며 낮은 콧노래를 불렀다.

"당신 곁에선 꽃내음이 나네요······."

하지만 오늘만은 금자에 대한 그리움의 감정은 아니었다. 희망을 노래하고 있었다. 미래를 노래하고 있었다. 내가 잘 해내고 있다고, 당신 아이들 걱정하지 말라고, 이제 더는 부끄러운 아비가 되진 않을 거라고, 자신의 의지를 노래에 실어 금자에게 전했다.

"금자야! 나, 당신에게 좀 으쓱해도 되는 거지?"

기택은 마지막 풀을 뽑아 던지곤 허리를 펴며 말했다. 무덤 아래로 새벽 안개가 햇살을 품으며 흩어지고 있었다. 분명 이전과 같은 풍경인데, 절대 같지 않은 느낌이었다. 옅은 바람에 흔들리는 풀과 나무들은 자신을 응원하는 것 같았고, 새벽하늘을 나는 새들은 활공하는 자신의 미래 같았다. 이렇게 좋은 날만 계속되면 얼마나 좋을까, 기택은 금자의 무덤을 바라보며 낮은 미소를 보냈다. 그런 마음을 알아주듯, 떠나는 기택의 발걸음 뒤로 봉선화 꽃들이 꽃망울을 머금은 채 흔들리고 있었다.

오솔길을 내려오는데, 멀리 태경의 차가 마을 길을 급히 벗어나는 게 보였다. 이른 아침부터 무슨 일인지……. 고개를 갸웃하며 모퉁이를 돌던 기택은 심장이 내려앉았다.

문신남 세 명이 자신을 향해 손을 흔들며 다가왔다. 기억에 없는 낯선 이들이었다.

"헤이, 부라더!"

기택은 덜컥 겁이 났다. 태경을 잡으러 온 사채업자는 아닌지, 그래서 태경이 서둘러 집을 떠난 건 아닌지, 오만 상상이 들기 시작했다.

• • •

금전적인 욕망으로 관계가 깨지는 것도 짜증 나지만, 그런 문제로 인해 서로 연락하지 못한 채 점점 멀어지는 건 더욱 짜증 나는 일이다. 태경과 경호의 사이가 그랬다. 친형제처럼 누구보다 가까운 사이였는데…….

여의치 않은 상황에 경호가 돈 거절을 한 그날 이후, 둘은 서로 연락하지 못하는 사이가 돼버렸다.

"하아……."

경호는 태경이 고향에 내려온 것을 알고 있었다. 멀리서 고군분투하는 그를 지켜보기도 했다. 반가히 다가가 응원이라도 하고 싶었지만, 빚 독촉을 하러 온 거라 오해할까 봐 그저 묵묵히 지켜볼 뿐이었다.

"경호야, 나 좀 보자!"

태경의 전화가 걸려왔을 때 묵은 감정이 쿵! 하고 내려가는 기분이었다. 게다가 목소리까지 밝아 보여 좋았다. 그건 태경도 마찬가지였다. 경호는 끝까지 자신을 응원했다. 둘 인생에 딱 한 번의 거절이 있었을 뿐이다.

그 딱 한 번이 관계의 단절을 만들어 버렸다. 오롯이 자신의 잘못이었기에 너무나 미안한 나머지 어떤 연락도 하지 못했었다. 굳이 설명하지 않아도 서로의 마음을 잘 알고 있었기에 더욱 마음이 아팠다. 하지만 오늘은 아니었다. 자신의 아버지 기택으로 인해 경호를 만날 용기가 생겼다.

커피숍 창 너머로 경호가 걸어오는 모습이 보였다. 태경은 죄지은 사람처럼 자신도 모르게 엉거주춤 일어 났다. 이윽고 문이 열리고 둘의 눈이 마주쳤다. 경호는 잠시 멈춰서더니, 이내 미소를 보냈다. 태경도 어정쩡 한 미소를 보냈다.

"아이고야, 에어컨 바람이 겁나게 시원하네! 늘 먹던 거, 그거로 줘요."

경호는 일부러 너스레를 떨며 음료를 주문하고 태경에게로 다가갔다. 둘은 엉거주춤 선 채로 잠시 동안 서로를 바라보았다. 이윽고 경호가 주먹을 내밀었다. 태경도 이내 주먹을 내밀어 부딪혔다. 그걸로 묵은 감정은 설명할 필요가 없어졌다.

"받아……. 얼마 안 돼, 삼백."

태경은 유튜브 첫 수입을 경호 앞으로 내밀었다. 경호는 이내 제지하며 돈 봉투를 다시 밀려했다.

"그냥 더 급한 데 써."

"그러지 마. 내 자존심이야. 받아줘."

"……."

"너와 나 관계만큼 더 급한 게 어디 있겠니."

"아는데, 그러니까……."

"적어서 거부하는 거면 미안해."

"아냐, 아냐, 그런 거."

경호는 손사래를 치며 화들짝 놀랐다. 그러자 태경은 껄껄 웃었다.

"넌 늘 한결같아 좋아. 농담을 다큐로 들이받는 거."

"야아, 너, 하하하!"

"그냥 받아줘. 경호야, 나 진짜 잘될 것 같아. 우리 아버지, 생각보다 그럴싸해."

"웅, 나도 봤다. 어르신이 그런 분인지 진짜 생각도 못 했다."

"어쨌든, 내 너 돈 제일 먼저 갚는다. 그게 얼마 안 걸릴지도 몰라. 바로 내일모레일지도."

태경의 목소리에 잔뜩 힘이 실렸다.

"아이고, 무서버라. 그래, 자신 넘치는 네 모습 보니, 난 참 좋다. 진짜 행복하다."

"행복까지? 아서라, 난 여자 좋아한다. 껄껄껄."

"미친놈, 에이구, 저런 놈이 친구라니. 그래서 하는 말인데……."

경호는 솔깃한 제안을 해왔다. 군에서 홍보 영상을 제작하는데, 아버지 기택을 출연시키면 어떨까 하는, 경호의 도움이자 배려였다. 지푸라기라도 잡고 싶은 심정이었기에 태경은 흔쾌히 허락했다. 여기저기 기택의 얼굴을 알리는 게 필요했기에. 뭔가 술술 풀려나가는 느낌이었다.

콧노래가 절로 흘러나왔다. 경호와의 관계 회복은 태경에게 커다란 자신감을 부여했다. 밑바닥으로 떨어졌던 자존감의 회복이기도 했다. 좋은 친구 한 명을 두는 건 백만 대군에 비할 바가 아니라는 말이 있지 않은

가. 흐뭇한 마음으로 집에 다와 가는데, 집 앞으로 낯선 차들이 보였다. 그런데…….

커다란 덩치의 한 사내가 트렁크에서 뭔가를 꺼내고 있었다. 한데, 어느 순간 내리치는 햇살에 손에 들린 무언가가 날카롭게 번쩍였다. 두 팔과 반바지 아래로 드러난 강렬한 문신은 그것이 칼임을 추측하기에 무리가 없었다. 이윽고 지영의 날카로운 비명이 들려왔다.

'사채업자들인가?'

태경은 긴장한 표정을 지으며 갓길에 차를 댔다. 이윽고 사내가 칼을 들고 집으로 들어가자, 태경은 차에서 내려 무기가 될 만한 무언가를 두리번거리며 찾았다. 때마침 길가로 삐쩍 마른 각목 하나가 눈에 띄었다. 태경은 각목을 재빠르게 집어 들곤 사주를 경계하며 종종걸음으로 대문에 다가갔다.

"오매, 나 죽네, 나 죽어! 꺄아악!"

지영의 숨 가쁜 목소리가 들려왔다. 대문 틈으로 날카로운 칼이 살점을 도륙 내고 있었다.

"헤이, 브라더! 오늘 죽어보자고!"

"그래, 죽자, 죽어! 오늘 너 죽고 나 죽고다!"

격양된 기택의 목소리가 들려오자 태경은 더는 머뭇거릴 수 없었다. 각목을 높이 쳐들고 대문 안으로 뛰어들었다.

"야이, 개새끼들아……."

드높았던 태경의 목소리가 이내 잦아들었다. 지영은 놀란 눈으로 고기를 한입 문 채 태경을 바라봤다. 기택 또한 소주를 들이켜다 태경을 반겼다.

"너도 이리 와 같이 죽어보자. 어서 와!"

불판 위로 빛깔 좋은 소고기가 지글지글 익어가고 있었다. 태경은 자신도 모르게 침이 넘어갔다.

"누구데요?"

"잉, 인사들 햐. 우리 아들이여, 글고 여기 이 동상들은 그날, 날 스타로 만들어준 은인들이여. 나도 첨에는 몰라봤어야. 어서 인사 햐."

"아, 예……."

"안녕하십니까, 형님!"

문신 사내들은 깍듯이 인사를 건넸다. 그러자 지영

이 깔깔거렸다.

"뭐야, 울 아버지도 브라더고, 오빠도 형님이면 이거 뭔 개 족보여! 깔깔깔!"

한껏 기분이 오른 지영에 비해 태경은 뭔가 모를 불안감이 엄습해 왔다. 의심스러웠다. 혹시라도 자신들의 공을 내세워 아버지를 뺏어가 방송을 하려는 건 아닌지. 그런 태경의 마음도 몰라주고 지영은 계속 깔깔거렸다.

"고기 사주는 사람이 형님이제. 오빠가 이 총각들에게 형님이라고 불러야겠네. 나, 이 오빠들 넘 좋아! 깔깔깔!"

"아유, 누님도, 많이 귀여버요."

"그래, 이쁜 동상 건배할까, 짠!"

태경은 평소 문신을 하는 데는 다 이유가 있다고 생각했다. 온전한 사람이 문신할 리 없다 생각했다. 그래서인지 양에 넘치는 고깃덩어리들도 의심스럽게 보였다. 게다가 한쪽에 서 있는 휴대전화로 이 모든 상황이 유튜브로 중계되고 있었다. 잘못하다간 아버지를 뺏길

지도 모른다는 불안감이 더욱 가중됐다. 결국, 태경은 참지 못하고 속내를 드러내며 소리쳤다.

"당신들 무슨 꿍꿍이를 가지고 내려왔는지 몰라도, 울 아버지는 나와 함께 해. 당신들에게 넘겨줄 순 없어! 다들 나가!"

태경은 내려놓았던 각목을 다시 높이 쳐들었다.

"오빠, 왜 그래!"

"태경아 그거 내려놔!"

"아이고, 오해이십니다!"

오해는 쉽게 풀렸다. 문신 사내들의 정체는 마장동에서 '친절한 총각'이라는 간판을 내걸고 장사를 하는 청년들이었다. 뒤늦게 기택의 상황을 접하고 기쁜 마음에 응원차 내려온 것이었다. 게다가 가게 홍보를 위해 광고를 의뢰한 터였다. 아쉽게도 대가는 현금이 아니었다. 매주 일정량의 신선한 고기를 제공하겠다는 조건이었다. 기택은 오히려 고마운 건 자신들이라며, 그럴 필요 없이 광고하겠다며 완강히 거부했지만, 아랑곳하지 않았다. 그렇게 오가는 술잔 속에 예전 그날로 돌아갔다.

"너들 이 주먹 보이제, 완빤치뚜빤치면쓰리강냉이
여!"

그날을 추억하며 다들 흥에 겨웠지만, 태경만은 그
럴 수 없었다. 취기가 올라오는 가운데도 끝까지 그들
을 의심했다.

'문신한 놈들이 친절한 총각이라고, 지나가던 개가
웃겠다.'

하지만 그런 의심은 기우에 불과했다. 그들은 약속
한 날에 맞춰 꼬박꼬박 신선한 고기를 보내왔다. 기택
도 방송을 하며 그들을 정성껏 홍보했다. 태경 또한 옹
졸했던 자신을 반성했다. 세상은 보이는 게 다가 아니
라는 걸 깨닫게 되었다.

어쨌든 기택의 방송은 점점 배부른 방송이 돼가고 있
었다. 그 결과, 태경의 손엔 반짝반짝 빛나는 실버버튼
이 놓이게 되었다. 비로소 주류방송에 들어선 셈이다.

·　·　·

"이야! 이야!"

"근데, 그거 상금도 있냐?"

"그런 거 없어요. 그냥 명예예요."

상금이 없다는 말에 기택은 살짝 실망했지만, 태경은 한동안 기쁨에 방방 뛰었다. 실버버튼을 들어 올린 채 흥분을 주체치 못하고 마루며 마당으로 뛰어다녔다. 실버버튼은 태경에게 단순한 의미가 아니다. 미래에 대한 희망의 징표였다. 절망의 굴레에서 벗어날 수 있는 한 줄기 서광이었다.

"오호호호, 내가 찾아봤는데, 구독자 30만만 넘으면 돈 앞자리가 달라진대!"

지영의 목소리에도 흥분이 가득했다. 바로 코앞에 금은보화가 펼쳐져 있는 것만 같았다.

"10만이 문제지, 30만은 금방이야!"

"그래, 까짓것 30만이 문제냐! 이 아비만 딱 믿어라!!! 100만 가자!!!"

"그래요, 100만 골드버튼을 위하여!"

취기 어린 기택과 태경의 목소리에 자신감이 넘쳐났다. 자식들이 이리 좋아하는데 못 할 게 무언가! 살아생전 이렇게 기뻤던 적이 있었던가! 기택의 얼굴에는 행복이 가득했다. 그때였다. 태경의 핸드폰이 울렸다.

처음 보는 낯선 번호였다. 걸려올 전화는 빚쟁이밖에 없는데…… 이 좋은 순간에 하필……. 태경은 전화받길 주저했다.

"오빠, 왜 안 받아? 빚쟁이일까 봐서? 실버버튼이 있는데 뭐가 무서워! 어깨 쭉 펴고 받아!"

지영의 응원에 자신감을 얻은 태경은 심호흡하곤 통화버튼을 눌렀다.

"여보세요."

다행히 상대방의 목소리는 예의가 가득했다.

"네, 그런데요? 정말요? 저희야 좋죠. 네, 그럼요. 가능합니다. 네, 네."

통화하는 태경의 목소리가 한껏 들떠갔다. 얼굴에 미소가 번지는 건 덤이었다.

"오빠, 뭐야, 뭐야, 뭐야?"

지영도 함께 들떠 태경의 팔을 흔들며 채근했다. 기택 또한 심장이 벌렁벌렁 나대기 시작했다. 뭔가 기분 좋은 소식이 분명했다. 통화를 마친 태경이 두 주먹을 불끈 쥐곤 허공에 주먹을 날렸다.

"예스! 예스! 예스!"

"뭔 일이냐니까?"

"그게…… . 우히히히!"

좋아서 그러는 것인지, 일부러 뜸을 들이려고 그러는 것인지. 선뜻 대답하지 않자 지영이 화를 냈다.

"아이, 이 오빠, 성질 급한 동생 죽일 거야! 얼른 말하라고!"

"동생 죽으면 안 되지. 신인 걸그룹 슈슈란가 뭐란가 하는데."

"근데?"

"와우! 합방 제의가 왔어!"

"좋은 거야?"

"대박이지! 아버지의 진가를 알아본 거지. 이제 본

격적인 시작인 거야. 구독자 몇만 늘어나는 건 금방이야!"

"우와! 대박! 우리 아빠 최고!"

지영은 귀를 쫑긋 세워 듣고 있던 기택을 안으며 방방 뛰었다. 자세한 상황을 이해하지 못한 채 기택도 덩달아 뛰었다. 태경도 합세해 뛰었다.

"으하하하! 좋다! 좋아!"

쏟아지는 뜨거운 햇살만큼이나 그들의 미래도 뜨거웠다. 얼마나 뜨거운지 칠팔월 더위는 아무것도 아니었다.

불과 몇 분 후, 신인 걸그룹 슈슈의 안무 동영상이 태경의 메일로 보내져 왔다. 너무 복잡하지 않은 동작들이었으나 기택이 따라 하기엔 조금 무리였다. 과거와 다르게 요즘 노래들은 박자가 빨라도 너무 빠르다. 이 동작 취할 때쯤이면 바로 다음 동작으로 넘어갔다. 기택은 정신이 하나도 없었다.

"아빠, 이렇게 안 돼? 다음 동작을 미리 생각하고 있어야지!"

가르치던 지영이 슬슬 짜증 내기 시작했다. 그래도 젊은 피라고 지영은 곧잘 따라 했다. 그 정도로 쉬운 안 무이긴 했다.

"으응, 늙어서 그런가 쉽지 않구나. 아무래도 난 안 되겠다."

"잠깐, 지영아, 멈춰 봐."

보다 못한 태경이 둘 사이를 끼어들었다. 찬란한 미래가 사라져버릴 것 같은 두려움에 태경은 무리한 감정을 드러냈다.

"아버지, 좀 남사스러워도 이거 꼭 해야 해요. 진짜 우리 방송 운명이 달렸어요. 구독자 더 안 늘면 우리 몇 달 못 버티고 끝이에요. 그럼 전 살 자신이……."

대놓고 협박했다. 불길한 태경의 말에 기택의 눈동자가 커졌다. 버럭 화를 냈다.

"이놈! 또! 아비 앞에서 할 말이 있지. 그러는 거 아냐!"

"죄송해요. 하지만 현실이……."

"걱정 마! 이 아비가 어떻게든 해내! 어떻게든!"

"아버지, 진짜, 진짜 부탁해요. 글고, 아버지, 너무 잘하려 하지 말아요. 젊은 아이돌을 어떻게 이겨요. 지영이랑 상의해서 좀 더 단순화시켜볼게요."

단순해진 동작들은 기택이 따라 하기에 비교적 무난했다. 반복에 반복이 더해지자 조금씩 여유가 생기기 시작했다. 그럴싸했다.

"오호호호! 울 아빠 허리 돌아가는 것 봐. 요염하네. 오호호호!"

핀잔만 주던 지영이도 어느 정도 만족했는지, 양손으로 입을 막으며 웃음꽃을 피웠다. 태경의 눈에도 그럴싸했다.

"아버지, 인제 그만 하세요. 그러다 몸살 나시겠어요. 벌써 밤 9시네요."

"벌써? 음······. 먼저들 자라. 나 좀 나갔다 오마."

"어디 가시게요?"

"응, 상철이 좀 만나기로 했는데 깜빡했다."

기택은 서둘러 집을 나섰다. 상철이를 만난다는 건 거짓말이었다. 괜찮다고 했지만, 기택은 양에 차지 않

154

았다. 자식들의 미래가 달린 중대한 문제다. 몸이 부서져도 젊은 아이돌과의 경쟁에서 살아남아야 한다. 그래야 아비로서 최선을 다하지 못했던 지난날을 사죄하는 길이라 여겼다.

"비가 내리는 날이면 깜찍한 네가 생각나! 사랑의 슈슈!"

어두운 약수터 한쪽, 테블릿에서 걸그룹의 동영상이 재생되고 있었다. 기택은 그것을 보며 열심히 춤을 따라 했다. 반복된 연습 덕분인지 모양새가 제법 멋졌다. 이전과 다르게 손끝에 힘이 실리고 있었다. 이윽고 한껏 고무된 표정으로 엔딩 포즈를 취하며 마무리 짓는데……. 박수 소리와 함께 상철의 목소리가 들려왔다.

"아이고야, 지랄도 정성껏 하니까 볼만하다! 뭔 지랄이여? 니가 젊은 아가씨들 좋아하는지 첨 알았다."

"뭔 상관이여! 자석, 엉큼하게 훔쳐보고 그러냐!"

"훔쳐보긴, 난 물 뜨러 왔을 뿐이고, 넌 저승 갈란가 미친 짓하고. 내가 이상한 거야? 네놈이 이상하지."

"저승은, 뒷방 늙은이처럼 이 밤에 물이나 뜨러 다니

고, 저승은 니가 먼저다 인마. 저 봐라, 등 뒤에 저승사
자 붙이고 다니는 꼴."

"워메, 어디? 아우, 시껍하게, 너!"

기택은 더 이상 반응하지 않았다. 대신, 동영상을 재
생하곤 또다시 춤을 추기 시작했다. 상철의 비꼬는 시
선에도 기택은 거칠 것이 없었다. 자식들을 위해 앞만
보고 달릴 뿐.

"워메, 워메, 저 요염한 골반 보소. 백여시가 들어앉
았나 보네. 살다 살다 기택이가 춤추는 것을 보고, 나
이제 갈 날이 진짜로 얼마 안 남았나 보네. 아이고야."

상철은 들고 온 물통을 한쪽에 내려놓고는 기택의
춤을 구경하며 끊임없이 구시렁댔다. 시간이 지나고,
그럴싸한 기택의 춤사위에 상철의 고개도 반응하기 시
작했다. 그리고 어느 순간, 상철도 어설피 기택의 동작
을 따라 하기 시작했다. 그 둘의 모습은 남 보기 우스
꽝스러웠으나 기택의 진정성만은 그 어느 때보다 간절
했다.

▶ 사랑의 슈슈

경숙은 가게에서 모니터를 보며 낄낄댔다. 학교에서 돌아온 주원이 그 모습을 보곤 물었다.

"엄마, 뭐가 그렇게 웃겨?"

"이야, 이것 좀 봐. 할아버지 대단하다. 아이돌 의상을 입었는데도 안 어색해."

모니터 속 기택의 모습은 슈슈라는 아이돌 의상에 맞춰져 있었다. '비의 요정 슈슈'라는 자막과 함께 빗물 방울과 우산을 콘셉트로 한 모습들이었다. 하늘색 물방울무늬가 바탕이 된 요정 옷을 입고 춤을 추는 기택의 모습이 깜찍해 보이기까지 했다.

"어머, 아이돌보다 더 잘하지 않냐? 아버님 진짜 최

고다! 호호호!"

"우와 할아버지 내가 알던 할아버지야? 짱짱짱!"

"내가 성공할 줄 알았다니까!"

"피, 아빠한테 맨날 때려치우라고 한 게 누군데!"

"아니, 그건……. 내가 걱정돼서 그랬지. 난 아빠 능력 믿어. 대학 연극반 때부터 쭈욱!"

"아, 네네. 그러세요. 우와 구독자가 27만이네. 대박!"

"친구들한테 더 홍보해."

"이제 더는 안 해도 되겠는데, 저런 능력이면 알아서 굴러가."

"그래, 좋다. 이야, 아버님 요염하다. 진짜 매력있다. 호호호!"

경숙은 기택의 모습을 보며 다시 한번 박장대소했다. 그도 그럴 것이 아이돌 사이에 있는 기택의 모습은 군계일학이었다. 동작은 조금 어설퍼 보였으나 아이돌에게 전혀 밀리지 않고 있었다.

지금 기택은 아이돌 사이에서 단순히 춤을 따라 하고 있는 것이 아니다. 오롯이 자신의 무대를 즐기고 있었다. 반복된 연습 덕분에 여유가 생긴 기택은 카메라를 보며 윙크하는 여유도 보였다. 반응 또한 실로 놀라웠다. 화면 채팅창으로 슈퍼챗 후원금이 펑펑 터졌다. 그 모습에 관계자들도 입을 다물지 못했다.

"사랑의 슈슈!!!"

노래가 끝나고 기택을 중심으로 아이들이 빙 둘러싸 엔딩 포즈를 취했다. 이윽고 소녀들이 쌍 따봉을 날리며 기택을 치켜세웠다.

"라떼 할아버지 최고예요!"

"우왕, 너무 멋지세요!"

"우리보다 더 잘 추면 어떡해요! 할아버지 최고!"

계속되는 칭찬에 기택은 쑥스러웠지만 물러서지 않았다. 라떼TV 구독자를 늘리는 절호의 기회였기에 정신을 바짝 차렸다. 그리고 태경이 준비해준 멘트를 실행했다. 손 벌려 춤추듯 빙— 돌며.

"라라라—, 이곳이 어디지? 이렇게 이쁜 선녀들이

있는 것을 보니 아마도 이곳은 천국?! 아— 아름다워
라—."

기택의 말에 '꺄르르'웃음꽃이 피었다. 기택의 너스
레는 방송 내내 이어졌다.

"잉, 나 같은 놈들을 요즘엔 관종이라고 부른다며?
딱! 나여! 그것도 겁나 늙은 관종! 그거 알아? 나 같은
관종이 더 무섭단 걸? 언제 저승사자랑 하이파이브할
지 모르니 뵈는 게 없어. 안 뵈니까 조심할 것도 없고
요즘 세상이 넘 즐거워, 으하하하!"

기택의 장난 같은 너스레는 정말이었다. 따분한 일
상의 연속이었는데, 방송을 시작한 이후의 삶은 자신의
인생 그 어느 때보다 극적인 나날들이었다. 의도치 않
는 삶의 연속이었다.

늘그막에 누군가 자신을 찾는 존재들이 있다면 그건
대단한 축복이다. 아무리 경제적인 부가 넘쳐난다 해
도 찾는 이가 없다면 외로움을 해결할 방법이 없다. 어
쩌면 인간은 외로움과 처절한 싸움을 펼치다 마지막
을 맞이하는 존재일지도 모른다. 하지만 지금의 기택은

예외다. 날마다 새롭다. 그러니 외로움이란 단어는 아예 존재하지 않았다. 내일을 채워나갈 희망만이 존재할 뿐. 이렇게 하루하루가 기뻤던 적이 있었던가! 너무나 행복했다.

"마셔!"

합동 방송을 성황리에 끝내고 집에 돌아온 기택은 삼겹살에 소주를 들이키며 소리쳤다. 다들 얼굴엔 취기가 가득했다.

"좋다─, 좋아─, 너무 좋다!"

"예, 아버지 정말 좋네요."

"오빠, 근데 계약 거부한 거 잘한 선택일까?"

"너는! 지금 시대는 콘텐츠가 힘이야! 플랫폼 시대는 지나갔어! 아버지가 완벽한 콘텐츠고 힘인데, 그걸 왜 나눠 가지냐!"

합동 방송이 끝나고, 기택의 능력을 알아본 피디가 고액의 영입 제안을 했다. 태경은 일언지하에 거절했다. 기택이 황금 거위로 성장하는 날이 바로 코앞인데……. 나눠 가지기 싫었다.

"저기 태경아."

기택은 사실 그들과 계약을 맺고 싶었다. 능숙한 경험자들 밑으로 들어가는 것 또한 좋은 방법이라 생각했다. 기획형 전문 유튜브 방송국이라 장비는 물론 규모 또한 대단했다. 층층, 조그마한 방 곳곳에서 개별 방송을 하는 사람들……. 기택의 눈엔 매우 유능한 전문 방송인처럼 보였다. 게다가 기택은 사실 1인 방송 활동에 조금씩 압박감을 느끼며 지쳐가고 있었다. 구독자가 늘어갈수록 자식들의 기대치는 더욱 높아졌고, 그럴수록 기택의 두려움은 배가 됐다. 방송국 소속이 되면 그나마 구독자 압박이나 책임 전가라도 할 수 있지 않은가! 무엇보다도 행여 잘못됐을 때 아이들의 실망하는 모습을 어찌 본단 말인가. 기택은 안전하게 가고 싶었다. 하지만……. 자신감 넘친 태경의 거부에 기택은 어쩔 수 없이 마음을 접어야 했다. 그리고 그날 밤 어설픈 성공의 축배 잔을 들어야만 했다.

"라떼TV 백만 구독자를 위하여!"

"위하여!"

비워져 나뒹구는 소주병엔 희망이 넘쳐흐르고 있었다. 술이 술을 마시는 시간이 이후로도 계속됐다. 모두의 얼굴엔 취기가 가득했다. 이윽고 소주잔을 털어 마신 태경은 비쩍거리며 일어났다. 그리고 기택을 향해 크게 허리 굽히며 머리 위로 쌍 따봉을 날렸다.

"엄청난 콘텐츠 그 자체인 우리 아버지! 유튜브 계의 절대지존! 핵폭탄! 우리의 희망! 거룩한一, 아버지! 전 정말 아버지를 존경합니다! 진심으로요!"

기택은 취기 때문인지 몰라도 울컥했다. 자식들은 부모를 쉽게 칭찬하지 않는다. 되레 늙은 부모를 쉽게 타박한다. 자신들만의 잣대에 거슬리기만 하면 스스럼없이 지적한다. 그게 별다른 의미 없는 말일지라도 늙은 부모에겐 결국 상처가 된다. 무시하는 것처럼 느껴진다. 노년의 삶은 그만큼 여유가 없다. 애정에 목마른 삶의 반복이다.

그런데 그런 자식들에게 쌍 따봉을 받다니……. 또다시 지난날이 주마등처럼 지나갔다. 무능하고 외로웠던 지난날이……. 그래서인지 급기야 기택의 눈가에 눈물이 어렸다.

"아빠, 울어?"

"아냐, 울긴 누가 울어. 취기가 올라서⋯⋯. 애들아, 진짜 고맙다. 글고 이 아비가 정말 미안하다."

"뭐가 또 미안해?"

"그래, 취한 김에 나가 너무도 기뻐서 넋두리 좀 할란다. 그래도 괜찮지?"

"아버지, 맘대로 하세요! 제가 다 들어 줄 텐께. 누가 딴짓해! 주목!"

태경은 한껏 취한 목소리로 맘껏 해보라는 듯 승낙의 손짓을 펼쳤다. 그러자 기택의 나지막한 회한의 목소리가 흘러나왔다.

"나가야, 살다 보니까 생각보다 겁나 무능하더라. 그래서 가끔 너들을 혹으로 생각했던 때가 있었다. 저것들만 없으면⋯⋯. 그래도 어영부영 시간은 가더라. 고맙게도 너들이 잘 커 줬고. 살만하니까 네 엄니가 가버리더라. 가면서 그러더라, 너무 오래 살아 애들한테 혹 되지 말고 후딱 따라 오라고."

164

"아니에요, 혹이라니, 아니에요."

"아냐, 아냐, 너들이 그렇게 생각한다는 것이 아니고. 한데, 어느 날 보니, 진짜 혹이 됐뿌더라. 우리 아그들 힘들어하는데, 아무런 힘도 못 되고. 흑!"

그간의 괴로움이 밀려 올라오는지 기택의 눈가로 기어이 눈물이 맺혔다. 그 모습에 태경도 울컥 눈물이 고였다.

"아버지, 미안해요. 우리가 잘살았어야 했는데……. 정말 죄송해요."

"아빠, 미안해……. 으흑."

급기야 지영까지도 눈물을 훔쳤다. 각자 말하지 못한 지난 세월의 고통을 눈물로 공유하고 있었다. 다들 열심히 산 죄밖에 없는데……. 세상은 모두에게 그리 만만치 않았다.

"아냐, 아냐. 울지들 마! 너들 탓하는 거 아냐. 오늘, 이 아비가 기분이 너무 좋아 넋두리한다는 것이 추잡을 떨고 말았구나."

"아빠, 혹이라고 절대 생각 안 하니까, 오래오래 살

아."

지영이 울먹이며 기택의 손을 잡았다.

"잉, 그러런다. 네 엄마 말 안 들으런다. 네 엄마가 목
빠지게 기다려도 나 안 간다. 나 겁나 오래 살아서 너희
들 힘이 되련다. 너희에게 힘이 될 수만 있다면……."

기택의 목이 메 왔다. 죽는 날까지 자식들의 든든한
버팀목이 되고 싶다. 아버지라는 이름에 걸맞은 든든한
방패가 되고 싶다. 기택은 입술 꼭 깨물며 말했다.

"까짓것 볼썽사나운 혹이든 뭐든, 벽에 똥칠할 때까
지 너희 곁에서 이 아버지가 힘이 돼 줄 거다. 진짜다.
이 아비 다들 믿지?!"

"그럼요. 믿어요! 믿어!"

"고맙다. 고마워……."

기어이 기택의 눈가로 눈물 한 방울이 흘러내렸다.
그때 지영이 기택의 품으로 파고들었다.

"울 아버지 없이 내가 어찌 살아. 우리 멋진 기택씨,
오래 살아야 해."

태경은 벅차 오르는 감정에 어찌 못 하고 고개를 숙

166

인 채 나지막이 읊조렸다.

"아버지……. 정말 고맙습니다. 그리고 사랑합니다……."

태경은 살아갈 희망을 안겨준 아비에게 진심으로 고마움을 전했다.

▶ 가족여행

"네, 여보세요. 어디 시라고요?"

불행이 혼자 오지 않는 것처럼 행운 또한 혼자 오
지 않는다. 운명의 파도에 탑승하게 되면 자신의 의도
와 상관없이 흘러가게 된다. 지금 기택의 상황이 그랬
다. 제주의 한 고급리조트에서 연락을 취해왔다. 다음
달 새로 오픈할 예정인데, 홍보 제의가 들어온 것이다.
모든 비용 무료에 음식 항공권까지 제공되는 파격적인
조건이었다. 단지 이용 후기 동영상을 업로드만 하면
되었다. 게다가 인원 제한도 없었다. 자연스럽게 기택
의 대가족 여행이 되었다. 이 여행을 계기로 가족들 간
기택의 위상은 또 한 번 드높아졌다.

"우와! 할아버지 정말 멋있다!"

"호호, 아버님 덕분에 이렇게 좋은 곳에서 호사 누리네요."

하지만 거기까지였다. 여행은 철저히 태경의 손에 계획돼 있었다. 여행은 구독자를 늘리기 위한 전환점에 불과했다.

"깟뜨! 그게 아니라고! 영화 못 봤어? 루아르의 주인공들이 등장하는 것처럼 거만하게! 아, 진짜 맛깔스럽게 못 해! 몇 번 째야!"

한껏 상기된 태경은 가족들을 향해 소리쳤다. 제주도에 들어선 이후 그는 무척이나 화가 난 상태의 연속이었다. 원하는 대로 가족들이 따라주지 못했기 때문이다. 카메라가 처음인 가족들에게 높은 기대치를 가진 건 아니었지만 부족해도 너무 부족했다. 다만 주황색 패션 선글라스에 꽃무늬 하와이안 셔츠를 입은 기택만이 능숙하게 태경의 요구를 이행했다.

"아니, 아니, 그게 아니라고! 나이 제일 많은 아버지가 최고로 잘하잖아!"

태경이 무엇을 원하는지, 기택은 거울 속 꿰 보듯 훤히 꿰뚫었다. 능숙한 프로의 냄새가 났다. 반면 가족들의 연기는 오합지졸에 불과했다. 그렇게 시간이 흘러가고, 유명 영화감독처럼 까칠하게 구는 태경의 모습에 가족들은 점점 지쳐가고 있었다.

"좀 더 진정성 있는 거만한 얼굴로! 알겠어?!"

"네⋯⋯."

"다시, 준비 액션!"

뙤약볕 아래서 가족들은 최선을 다했다. 결국, 2시간여의 실랑이 끝에 겨우 오프닝 장면을 건진 데 만족해야 했다. 한바탕 촌극이 지나가고 가족들은 리조트 측에서 제공되는 프로그램을 즐기며 신분 상승의 여유를 만끽했다. 하지만 기택과 태경과 지영은 그러지 못했다. 그 어느 때보다 진지한 시간을 보내고 있었다.

"금자야 ⋯⋯. 하아⋯⋯. 당신이 살아생전 그렇게 보고 싶었던 제주 바다야. 보이지, 정말 좋지⋯⋯?"

기택은 바다가 내려 보이는 전망 좋은 절벽 위 벤치에 앉아 중얼거렸다. 시골집 벽에 걸려 있던 금자의 사진을 품에 안고 넘실거리는 바다를 내려다보며 눈물을 글썽이고 있었다.

"많이 늦었지? 미안쿠나. 살아생전 이런 데 데려왔어야 했는데……. 살다 보니 맘대로 안 됐어. 금자야, 내가 정말 미안하……. 흑!"

밀려오는 슬픔에 기택은 기어이 눈물을 훔쳤다. 어깨가 들썩였다. 그의 흐느낌은 그 후로도 한동안 계속됐다. 보는 이로 하여금 눈물짓게 하기 충분했다. 그때였다. 태경의 확신의 찬 목소리가 들려왔다.

"컷! 굿 액션!"

"와! 연기 대박! 나까지 울 뻔했네."

지영이 호들갑을 떨며 기택을 칭찬했다. 하지만 기택은 칭찬에 반응하지 않고 여전히 슬픔에 잠긴 듯했다. 지영의 칭찬은 아랑곳하지 않고 이어졌다.

"오빠, 들리지? 구독 버튼 누르는 소리! 방금 아빠 눈물 연기에 적어도 구독자 3만 업!"

태경은 마른 목소리로 지영을 타박했다.

"넌 눈치 좀 챙겨라. 이 시점에 구독자 소리 해야겠

냐. 아버지 얼마나 속상하시겠냐."

"속상할 게 뭐 있어. 엄만 틈만 나면 제주도 놀러 다
니셨는데. 오빠, 이건 연기야, 연기!"

"그래……?"

"몰랐어? 하긴, 오빠가 언제 부모님 신경 쓰기나 했
겠어."

"넌……, 말을 그렇게 하냐……."

"뭐, 내가 틀린 말 했어!"

"너는……."

할 말 없는 태경이 말끝을 흐렸다. 그때, 기택이 둘
사이를 끼어들었다.

"태경아, 다시 찍자. 부족하다 부족해."

"뭐가요?"

"아무리 생각해봐도 3만 늘리기엔 감정이 좀 부족했
다. 마지막 네 엄마 불렀을 때 눈물이 떨어져야 했는데,
좀 더 일찍 흘러버렸다. 다시 한 번 가자! 지영이는 다
시 안약 넣어 주고."

기택은 두어 번 자신의 뺨을 두드리며 마음을 다잡

았다. 바닥에 내팽개쳐져 있는 금자의 사진만이 무표정하게 그들을 지켜보고 있었다.

• • •

"우하하하! 주운 사람이 임자다!"

기택은 탁자 위에 올라가 양손에 머니건을 들곤 연신 쏘아댔다. 오만 원짜리 지폐들이 사방으로 흩날렸다. 지영이는 물론 머느리, 사위, 손자들이 달려들어 그 돈을 줍기 바빴다. 그 모습은 마치 시체에 달려드는 하이에나들 같았다.

처음 태경이 이 제안을 꺼냈을 때, 기택은 반대했다. 머니건으로 용돈을 뿌린다는 것은 뭔가 천박하고 저질스럽게 느껴졌기 때문이다. 하지만 태경은 물러서지 않고 강하게 밀어붙였다. 공중파에서 할 콘텐츠가 있고, 개인 방송에서 할 콘텐츠는 따로 있다며, 물러서지 않았다. 태경은 인간의 욕망을 최대한 직선적으로 자극해야 한다고 주장했다. 그게 유튜브 시청자들이 바라는 것이고 그걸 충족해줘야 할 의무가 있다고 했다. 여행, 먹방, 벗방, 심지어 전·현직 불량배들의 일탈 방송이 인기 있는 이유라며, 돈이 필요해 시작한 방송이니만큼 수요에 충실하게 따라가야 한다며 목소리를 드높였다. 그도 그럴 것이 구독자 30만이 넘어가자 들어오는 돈의 액수가 달라지는 게 눈에 보였다. 비록 천만 원이 아직 못 됐지만, 광고가 붙어 그에 버금갔다. 그러니 태경의 눈이 돌아갈 수밖에.

"오빠 빚 갚을 때까지만 7:3이야! 다 갚으면 내가 6인 거 잊지 마!"

지영 또한 통장에 찍힌 액수를 보며 눈이 희번덕거렸다. 욕심은 어느새 배가 됐다. 그러니 양심, 도덕성 따위는 뒤로 밀려날 수밖에 없었다.

"이것이 인생의 플렉스지! 으하하하!"

처음에는 께름칙한 마음이 어느새 눈 녹듯 사라지고 있었다. 허공으로 돈이 흩날릴수록, 돈을 줍는 자식들의 함박웃음이 커지면 커질수록, 기택의 마음속에선 뭔가 모를 쾌감이 솟아오르고 있었다. 급기야 진정으로 즐기기 시작한 기택이었다. 노쇠한 천덕꾸러기 뒷방 늙은이에서 절대 권력을 가진 왕이 된 착각에 빠져들고 있었다. 이 또한 나쁘지 않다고……. 스스로 도덕적 경계선을 허물고 있었다.

그래서였을까?

자신감이 생긴 기택은 동생 애순에게 영숙과의 만남을 넌지시 요청했다. 애순은 반색하며 기뻐했다. 곧바로 영숙의 흔쾌한 허락이 전해져왔다. 그날 이후 기택의 하루는 즐겁기만 했다. 오롯이 자식들의 방패막이가 되는 삶을 살겠다고 맹세했지만, 능력이 생기니 자신의 삶까지 살피는 여유가 생겼다.

못난 자신의 존재 때문에 늘 피해왔던 만남. 하지만 더는 아니다. 장밋빛 미래를 꿈꾸는 건 아니지만 한번쯤 매듭지을 필요가 있었다. 오랫동안 마음속에 간직한 묵은 부끄러움을 털어내고 싶다. 뭐, 그게 장밋빛 결과를 내면 더 좋고…….

"울 아빠, 뭐가 그리 좋을까? 얼굴에 꽃이 폈네. 연애해?"

"떽! 연애는! 늙은 아비 놀리는 거 아니다."

"하긴, 24시간 우리랑 붙어 있는데, 근데 어디가? 포마드 기름까지 바르고."

지영의 말대로 기택은 한껏 신사가 돼 있었다. 올백으로 넘긴 머리, 단정하게 차려입은 옷, 광이 나는 구두까지. 평소 기택의 모습이 아니었다.

"웅, 읍내 좀 다녀오려고. 뭐, 먹고 싶은 거 있어?"

"그럼, 나 현미네 떡볶이 좀 사와. 학교 다닐 때 맛나게 먹어서 그런가, 나이 들수록 생각이 나네."

"응, 그래, 알았다."

기택은 청색 바탕에 하얀색 체크 무늬가 있는 중절모를 쓰곤 서둘러 대문 밖을 나섰다. 그 모습에 지영은 의구심이 들었지만, 인기 크리에이터로 자리 잡은 팬 관리 차원이라 생각했다. 그리고 그 이유를 알게 된 건, 채 두세 시간이 지나지 않아서였다. 번쩍번쩍한 외제 스포츠카를 끌고 나타난 태경에게서 그 이유를 들을 수 있었다.

"우와, 오빠 이게 뭔 차야? 겁나 멋지네!"

"중고차야, 겉만 번지르르해. 방송에 필요해서."

"설마, 돈 좀 생겼다고 막 쓰는 거 아니지?"

"아니야!"

"내 돈일 수도 있어!"

"허 참! 알았다 알았어. 6:4! 이제 다섯 달만 지나면 너야! 이 추세면 더 빠를 수도 있고!"

"굿웃! 좋아! 아주 좋아!"

"그나저나 아버지 안 돌아오셨어? 길어지나 보네."

"뭔 일인데?"

"아니, 오다 애순이 고모 만났는데, 아버지, 영숙이 고모 만난다던데."

"뭐?!! 그걸 왜 이제야 말해! 어서 가 말려야지!"

"왜?"

"아, 진짜! 내가 알아봤는데, 영숙이 고모 재산 다 자식들에게 나눠줬대. 달랑 집 하나 남았는데, 그것도 집 담보로 생활비 받아 쓴대! 뭔 말인지 알지?"

"그게 뭐?"

"아, 오빠!! 머리 좋은 줄 알았더니, 헛똑똑이네. 만약 아버지가 결혼한다고, 더 이상 돈 못 주겠다고 하면 어쩔 거야! 영숙이 고모가 반대하면, 식구가 생기면 우리 다 줄 것 같아."

"……. 어서 타!"

태경과 지영은 서둘러 스포츠카에 올라탔다. 중고라서 그런지, 소리 또한 요란했다.

기택의 심장은 버스에 오르는 순간부터 두방망이질 치고 있었다. 버스 기사의 인사에도 시큰둥 답했다. 머릿속은 온통 영숙과 만남으로 가득 차 있었다.

공자는 70세를 종심(從心)이라고 했다. 웬만해선 법도를 벗어나지 않는, 그만큼 순리대로 살아가게 되는 나이라는 뜻이다. 얼른 듣기엔 그럴싸하다. 하지만 종심이란 말은 다른 한편으로 생각해보면, 힘과 의지를 잃은 늙은 남자가 강했던 젊은 날이나 추억하며 살아가게 되는 무기력한 존재의 반증일지도 모른다. 그저 모험하지 말고 세상 흘러가는 대로 순응하는 삶을 살라는 강요일지도 모른다. 물론, 공자의 뜻은 그것이 아닐 것이다.

하지만 순응하고 싶지 않을 때가 있다. 거부하고 싶을 때가 있다. 평범을 넘어 일탈을 꿈꾸고 싶을 때가 있다. 그게 첫사랑이면 더욱 그렇다.

첫!

남자는 그게 무엇이든 간에 그 경험을 쉽게 잊지 못한다. 산해진미가 넘쳐나는 밥상을 앞에 두고도 죽는 날까지 엄마의 소탈한 밥상이 그리운 까닭이다. 설사 엄마의 음식 솜씨가 아무리 형편없다 해도 그건 그것대로 그립다. 그 첫 경험이 삶의 기준점이 되는 그리움의 시작점이기 때문이다.

그리움…….

그 어떤 감정도 그리움을 이기진 못한다. 불같은 사랑도 시간이 지나면 사그라진다. 하지만 그리움은 시간이 지나면 지날수록 그만큼 더해진다. 첫 이기에 더 긴 시간이 더해졌고 그 감정 또한 뭉게구름처럼 몽글몽글 커져만 간다.

기택은 열여덟 그 순간으로 돌아가 있었다. 소년이 소녀를 만나러 가고 있었다. 그리고 약속장소인 향촌 다방이 시야에 들어왔을 때, 그때 그날처럼, 아니 그보다 더 기택의 심장은 뜨겁게 뛰고 있었다. 볼품없는 두 다리마저 함께 떨고 있었다. 창가로 품위 있게 앉아 있는 영숙이 보였다. 순간 두려움이 일었다. 기택은 잠시 망설였다. 하지만 심장은 이미 영숙 옆자리에 가 있었기에 발길을 돌리진 않았다.

그녀가 일어나 다소곳하게 인사를 했다. 소년은 모자를 벗어 인사를 했다. 앉으라는 그녀의 손짓에 소년은 맞은편 의자에 앉았다. 쉽게 대화가 오가지 않았다.

대신 둘의 입가로 그간의 심정을 담은 옅은 미소만이 흐를 뿐이었다. 지나온 시간을 그저 눈으로 이야기하고 있었다. 그거면 충분했다. 백 마디 말보다 가끔은 침묵이 서로를 이해하는 데 도움이 될 때가 있다. 마음이 따뜻해졌다. 그건 소녀도 마찬가지였다. 깔끔하게 끝맺음짓지 못했던 인연……. 그렇기에 그 지점부터 또 다른 인연의 시작이었다.

"잘 보고 있어요."

"……."

"매일 보고 있어서 그런지, 어제 본 거 같네요."

"추하지?"

"추하긴요, 보기 좋아요. 오빠가 가수 하고 싶어 했잖아요. 사실, 이런 시골 말고 도시에 태어났다면 정말 멋진 가수가 됐을 거예요."

"기억하고 있었네."

"그럼요. 1호 팬이었는데."

"……."

1호 팬이라는 말에 기택은 잠시 말을 잊지 못했다.

미안한 마음이 1호 팬이란 말에 더욱 증폭됐다. 그래서인지 지난날의 잘못을 사죄하고 싶은 마음이 급해졌다. 하지만……. 쉽게 입이 떨어지지 않았다. 그 마음을 알아차렸는지, 영숙이 먼저 말을 건네왔다.

"그냥, 그렇게 된 거예요. 누구의 잘못……. 아니, 잘못 아니다. 그렇게 된 거예요. 우리 인연의 길이가."

"……. 그렇게 말해주니, 정말 고마워요. 흠……. 아……."

기택은 쉽게 말을 잇지 못했다. 그도 그럴 것이 지금 기택은 늙은 기택이 아닌 청년 기택으로 앉아 있었다. 만남을 거부했던 날만큼이나 늘어난 고무줄처럼 기택의 마음속은 팽팽한 긴장감으로 채워져 있었다. 조그만 자극에도 고무줄이 끊어질 것만 같았다. 기택이 그러는 데에는 동생 애순의 입을 통해 영숙의 속마음을 전해들었기 때문이다.

"오빠만 생각 있다면 같이 사는 거 영숙이는 좋대. 오빠, 우리가 살면 얼마나 살겠어. 오빠가 용기 내봐. 그럼 영숙이는 못 이기는 척 따라올 거야."

"……."

마음이 급하다고 서두를 순 없다. 적당한 기회를 노려야 한다. 기택은 점심을 대접하겠다며 읍내에서 가장 비싼 한정식집으로 데려가려 했다. 강한 수컷이 아름다운 암컷에게 신선한 고기를 대접하는 것은 구애의 첫 단추다. 젊은 날 늘 얇은 주머니 사정에 제대로 된 비싼 음식 한번 사주지 못했었다. 음식을 시키면서도 주머니 속 손은 가난을 세고 있었었다. 그게 못내 속상했었다. 하지만 오늘은 아니다. 능력 있는 수컷의 자랑스러운 모습을 보여줄 기회다. 하지만 영숙은 손을 가로저었다.

"아니에요. 저기 신흥반점 가요. 오랜만에 같이 먹고 싶네요."

신흥반점!

데이트 때면 기택과 영숙이 자주 가던 중국집이었다. 그 시절 가장 비싼 집이었지만, 짜장면 먹는 게 전부였다. 주머니 사정에 다른 메뉴는 꿈도 못 꿨었다. 그저 짜장면 한 그릇이 호사 전부였다. 딱 한 번 탕수육을

먹은 적이 있다. 가수를 하겠다며 서울로 올라가기 전날이었다. 희망에 부푼 둘은 하하 호호하며 미래를 이야기했다. 그게 둘이 함께한 마지막 성찬이었다. 그날이후 기택은 더 이상 신흥반점을 찾지 않았다. 그 앞을 지날 때면 지난날의 씁쓸함이 떠올랐기 때문이다. 손이 컸던 털보 주인아저씨는 이미 돌아가신 지 오래였다. 그의 아들을 넘어 지금은 손자가 음식점을 물려받아 운영하고 있었다.

"뭐든 시켜. 내 다 사주리다."

"음, 그래요. 그럼 난……. 짜장면!"

고민하는 척하던 영숙이 생글 웃으며 답했다. 기택의 심장이 다시 한번 쿵쾅거렸다. 순간, 마지막 그날이 겹쳐 보였기 때문이다. 그날과 같은 희망은 아니지만, 기택의 맘속에 또 다른 희망이 샘솟기 시작했다. 영숙이 굳이 신흥반점으로 이끈 건 끊어진 그 날의 인연을 이어보려는 긍정적인 신호라 기택은 여겼다.

"그럼, 그날처럼 탕수육 하나 시킬까?"

둘은 말없이 미소를 지었다. 한번 마음을 터놓으니,

대화는 화기애애하게 이어졌다. 그 옛날 아련했던 추억, 살아온 이야기, 자식 이야기 등, 끊길 듯 끊기지 않았다. 다만 엇갈린 마지막 모습은 서로 약속이나 한 듯누구도 꺼내진 않았다. 그것까지 꺼내놓으면 복받쳐오는 감정을 제어할 자신이 없었기 때문이다. 아픔은 그대로 묻어 놓는 게 서로에 대한 예의라 생각했다.

"실례가 안 된다면 손 한 번 잡아 봐도 될까?"

기택이 용기를 내어 말했다. 영숙은 기다렸다는 듯이 미소지으며 손을 내밀었다. 세월의 깊이만큼 주름이 파인 손이었지만 온기만은 그대로였다. 그리움, 미안함, 그 이상의 어떤 감정이 교류하고 있었다. 더는 대화가 필요치 않았다. 온화한 미소와 눈빛 그것이면 충분했다. 이윽고 기택은 입술을 한번 앙다물더니, 다짐한 듯 입을 떼려 했다. 그 순간이었다. 지영의 날카로운 목소리가 들려와 둘의 교감을 산산 조각냈다.

"아빠!!!"

▶ 그때도 지금도 좋은 사람

　등진 채 모로 누워있는 기택의 어깨를 흔드는 지영의 손이 미세하게 떨렸다. 얼굴엔 미안함이 가득했다.

　"아빠, 나는……."

　"괜찮다, 미안해할 거 없다. 지영아, 피곤타. 좀 쉬고 싶구나."

　기택은 두 눈을 감은 채 힘없이 말했다. 지영은 말할 게 더 있는지 입을 쭈뼛거렸지만 이내 포기하고 방을 나갔다. 방문 닫히는 소리가 들리자 기택은 깊게 숨을 말아 쉬었다. 이윽고 방 밖으로 서로를 탓하는 태경과 지영의 나지막한 말싸움이 들려오는가 싶더니 이내 잦아들었다. 그제야 기택은 자리에서 일어나 냉수 한 사발을 들이켰다.

"우리 지금처럼 가끔 만나 식사라도 한 끼 하고 지
내요."

사실, 출발하기 전부터 영숙에게 먹었던 마음이었다.
아무리 마음이 앞서간다고 제 뜻대로 할 순 없는 일이
다. 그러기엔 너무 먼 길을 와버렸다. 그리고 남은 앞길
또한 그리 호락호락하진 않을 게 뻔했다. 살날이 얼마
나 있을진 몰라도 병치레의 연속일 것이다. 이제 와 그
뒤치다꺼리를 영숙의 손에 맡기고 싶진 않다. 욕심은
욕심으로 버려두는 게 낫다. 초라한 모습으로 죽어가는
모습까지 그녀에게 보이고 싶진 않다. 그래도 보기 좋
은 지금이 그나마 낫기에 용기를 내어 이런 제안도 선
뜻 건넬 수 있었다.

"그래요. 오빠 편한 대로 하세요. 오빠는 참 좋은 사
람이에요. 그때도 지금도."

그게 전부였는데…….

자식들이 펄쩍 뛰는 것을 이해 못 하는 것은 아니다.
그렇지만 왠지 모를 서운함이 들었다. 그런 마음을 가

지면 안 된다며 고개를 흔들었지만, 서운함을 한 줌도 들어내진 못했다. 자식들은 부모의 뜻을 헤아리지 못한다. 참을성이 없는 그들은 자기 기준대로 재단하려고만 한다. 자꾸만 아이 취급하려 든다. 늙는다고 생각이 없는 건 아닌데……. 그들에 의해 자꾸만 삶이 평가 절하당하는 게 싫다. 그게 못내 아쉬운 기택이었다. 그래서인지 힘이 나지 않았다. 쓸쓸한 밤이다.

"삐이이! 삐이익!"

어둠이 내려앉은 창밖으로 저승새 울음소리가 유난히도 구슬프게 들렸다.

• • •

어둠이 짙게 내려앉은 마을 공터에 앉은 태경이 밤하늘을 향해 한숨을 길게 내쉬었다. 이에 질세라 옆에 앉아 있던 지영 또한 태경을 흘낏 쳐다보더니 경쟁하듯 더 길게 한숨을 내질렀다.

한숨이 끝나고 잠시 정적이 흘렀다. 지영은 할 말이

있는지 입을 오물거렸지만 쉽게 입을 떼진 못했다. 뭐가 억울한지 눈물까지 글썽거렸다. 낌새를 눈치챈 태경은 지영을 한번 보더니 이내 외면했다. 어려서부터 자신이 불리할 때면 눈물부터 앞세우던 지영이었기에 태경은 퉁명스럽게 말했다.

"뭐, 왜! 그럼 네가 잘했어?"

"씨이⋯⋯."

지영은 억울한지 답을 못하곤 눈물을 훔쳤다. 이내 악다구니를 쏘아붙일 줄 알았던 태경은 지영의 반응에 적잖이 불편했다. 그래서 자리에 일어서며 투덜거렸다.

"할 말 있다고 불러내더니, 그렇게 울 거면, 나, 간다."

그렇게 뒤돌아 몇 걸음 가는데, 지영의 목메는 목소리가 들려왔다.

"내가 돈에 미친년으로 보이지?!"

"⋯⋯."

그건 태경도 마찬가지였기에 굳이 대꾸하지 않았다.

"나라고 우리 금자 엄마가 안 그리운지 알아? 아빠

옆에서 생글생글 웃던, 그저 아빠가 좋다고, 너희 아빠 생각보다 근사하다고, 내 핀잔에도 아랑곳 않고 행복하게 웃던 우리 금자 엄마……흑흑."

"……."

"죽는 날까지 우리 아빠 옆엔 해맑은 금자씨만 존재해야 한다고, 나도 그렇게 생각했어. 근데……. 엄마가 부탁했대. 애순 고모한테 죽기 전에 엄마가……. 부탁했대. 그렇게 전부였던 아빠 옆자리를……. 아빠가 외로울까 봐, 혹여라도 금방 자기를 따라올까 봐……."

"……."

태경의 가슴이 아련하게 시려왔다. 엄마는 사진 찍을 때면 꼭 아버지의 팔짱을 끼곤 찍었다. 아버지가 살짝 뿌리치곤 했지만, 결코 포기하진 않았다. 사람이 사람을 어찌 저리 좋아할 수 있을까 생각하곤 했다. 그런 엄마가 자신의 자리를 내어주려 했다니…….

"나도 첨엔 반대했어. 엄마의 환한 미소를 어떻게 아빠 옆자리에서 지워. 내가 더 자주 찾아뵈어야지. 내가 더 잘해야지……. 근데, 그게……. 쉽지 않았어……. 그

럼 어떻게 해! 내 지랄 같은 삶 속에서 아빠도 엄마도
지워지는데, 내 삶 사는 것도 막막한데······. 흑흑."

"······."

태경도 울컥 감정이 올라왔다. 자신이 좀 더 잘 살았
으면 일어나지 않았을 문제다. 스스로 자책하며 입술을
깨물었다. 감정이 복받쳐오는지 지영이 흥분해 일어나
며 소리쳤다.

"그래, 나 돈에 미친년 맞아. 돈에 엄마 팔아먹은 미
친년 맞아. 그럼 어떻게 해! 앞이 하나도 안 보이는데!
나도 좀 편하게 살면 안 돼? 아빠 덕에, 영숙이 고모 덕
에 좀 편해지면 안 되는 거냐고! 오빠, 정말 안 돼? 오
빠도 그런 거잖아? 안 그래?"

지영은 애절한 눈빛으로 태경에게 공감을 구했다.
태경은 지영을 눈을 보며 잠시 대답을 망설였다.

"안 되냐고?"

지영의 두 눈에 눈물이 눈꼬리를 타고 흘러내렸다.
이번만은 지영을 탓할 자격이 없다. 나만큼 동생도 힘
겨운 삶을 살고 있었다는 동병상련이 일었다. 마음이

아팠다. 그래서 마음 속에 담아두었던 계획을 털어놓았다. 어떻게든 그녀에게 힘이 되어주고 싶었다.

"더 이상 그럴 필요 없어. 내가 어떻게든 너 호강시켜."

"또, 뭔 소리야?"

"나, 이 유튜브 사업 키워보려고. 회사 차릴 거야. 지금 자금 알아보고 있어."

"뭐? 돈은 어디서 나서? 오빠가 대출은 돼?"

"되긴, 미안하지만 경호한테 부탁해봐야지."

"그러다 경호 오빠까지⋯⋯."

"너!!"

"아, 미안, 초 쳐서, 그냥 난 걱정돼서."

"그러니까, 정신 차리고 따라와! 구독자 50만 명만 넘으면 실행할 거야. 잘 들어! 난 지금 폭주 기관차야, 레일도 없는 폭주 기관차! 앞에 무엇이 놓여 있던 거침없이 달릴 거야. 그게 너라 해도 멈추지 않을 거야!"

태경은 전쟁에 나가는 장수처럼 입술을 굳게 물었다. 그 모습에 지영도 뭔가 모를 에너지가 솟구쳐 오르

는 기분이었다. 모 아니면 도! 지영도 기꺼이 폭주 기관

차에 몸을 싣겠다 다짐했다.

▶ 부서지는 유리 파도

끊임없는 날갯짓을 한다 해도 마냥 날아오를 수 있는 것은 아니다. 모든 새에겐 날아오를 수 있는 한계 높이가 있다. 세상살이도 그렇다. 마음대로 되지 않는다. 지치면 날개를 접고 나뭇가지에 앉아 쉬어야 한다. 그래야 더 높이 날아오르진 못해도 더 멀리 갈 수 있다. 하지만 기택에게 휴식은 주어지지 않았다.

"이게 연속성이 중요하거든요. 하루라도 끊기면 구독자가 금방 이탈해요."

"오빠야, 요즘 구독자 느는 게 별로다. 이러다 주저앉는 거 아냐?"

지영의 말대로 구독자 30만을 넘긴 이후 50만 가까

이 가다 답보 상태다. 그래서인지 태경과 지영의 마음은 점점 조급해졌다. 제법 많은 수익을 눈으로 확인한 터라 더 그랬다. 빵빵 터지는 수익 고지가 바로 코앞인데…….

"아, 뭔가 강력한 콘텐츠 하나만 있으면 되는데. 지영이 너, 뭐 생각해 놓은 거 없어?"

"몰라, 말해도 다 아니라며. 온통 무시만 하면서!"

자식들은 강력한 한방을 찾아내기 위해 고군분투했지만, 기택은 서서히 지쳐가고 있었다. 육체적으로나 정신적으로나…….

영숙과의 일을 겪으면서 자식들의 본심을 알았기에 힘이 나지 않는 건 덤이었다. 간간이 영숙과의 식사 정도의 만남은 허락 받았지만, 마음은 이미 상한 터였다. 이러면 안 된다고 자꾸 마음을 고쳐먹었으나, 그게 생각대로 되질 않았다.

"아버지, 어디 아프신 데 있어요? 힘이 하나도 없어 보여요?"

"아니다. 난 괜찮다. 어여 찍자! 여기서부터 하면 되지?"

집 앞 텃밭에서 하지감자를 수확하는 영상을 찍던 기택이 다시 호미질하려 했다. 그때 지영이 끼어들었다.

"아빠, 영숙이 고모 때문에 그래? 내가 미안하다고 했잖……."

순간, 기택이 버럭 소리를 질렀다.

"아니래도!!!"

"……."

기택의 과도한 반응에 순간 분위기가 냉랭해졌다. 기택은 그것이 불편했는지 호미를 던져버리곤 자리를 떴다.

"바람 좀 쐬고 오마."

"그래요, 아버지……. 다녀오세요……."

태경은 눈으로 지영을 나무랐다. 지영도 '어쩌라고' 반기를 들며 집으로 들어가 버렸다.

기택은 심한 갈증을 느꼈다. 시원한 약수 한 사발이 그리웠다.

산모퉁이를 도는데, 저 멀리 약수터 앞에서 철호와 상철이 이야기 나누는 모습이 보였다. 기택은 그들을 발견하고 발길을 돌리려 했다. 하지만 늦었다. 그새 상철이 기택을 봤는지 불러세웠다.

"어이, 스타님!"

기택은 수도꼭지로 와 말없이 물 한 바가지를 떠 마시려 했다. 상철이 자꾸 얼쩡대며 살살거렸다.

"얼레, 스타님이 카메라도 없이 뭔 일인데?"

"스타는 얼어 죽을."

"스타 맞지. 울 면에 니보다 더 유명한 사람은 없을 거야."

기택은 꿀떡꿀떡 물을 마시곤 상철을 향해 가쁜 숨을 토해냈다.

"꺼지라. 쓸데없는 소리 말고!"

"아이고 왜 이러실까, 우리 선배님이."

"선배님?"

"응, 선배님! 나가 철호랑 유트븐가 뭔가 해볼라고. 그거 한 달 수입이 얼마냐?"

"……."

기택은 철호에게 시선을 돌렸다. 철호가 또랑또랑한 눈으로 기택을 쳐다봤다.

"달에 돈 천 된다면서요. 엄청 유명해지면 1억은 껌이라면서요!"

"주접 싸네. 그게 쉬우면 이런 거 다하지, 농사를 왜 지어! 허튼 생각 때려치우고 하던 거나 해!"

"와, 이 자슥 봐라. 우리가 막강한 경쟁자가 될 것 같으니, 싹을 자르네."

"싹? 아이고 오싹이다! 덜덜덜!"

기택은 어이가 없어 뒤돌려 하는데, 때마침 태경에게서 전화가 걸려왔다. 긴 한숨을 내쉬곤 차분한 목소리로 전화를 받았다.

"응, 그래? 알았다. 가마."

기택이 씁쓸한 표정을 지으며 내려갔다. 등 뒤로 들으라는 듯 상철의 들뜬 목소리가 크게 들려왔다.

"긴장해라! 내 철호랑 니 금방 따라잡을기다. 내 한다면 한다!"

기택은 콧방귀를 끼었다. 철호와 상철을 뒤로하고 오솔길을 따라 내려가는데……. 코에서 뜨거운 것이 흘러나왔다. 그간의 피로가 쌓여서인지 코피가 났다. 자식들에게 내색하지 않았지만, 늙은 몸으로 일정을 소화해내는 것이 여간 무리가 아니다. 결국, 한계치에 다다른 모양이다. 기택은 개울가로 내려가 코피를 씻었다. 그렇게 한참을 씻고 있는데 멀리서 상철의 목소리가 들려왔다.

"철호야, 나가, 어렸을 적에 무비스타가 꿈이였다. 찰스 브론슨이 방아쇠를 당기면, 빵야, 빵야— 크."

상철의 목소리가 점점 더 가까워지자, 기택은 죄지은 사람처럼 코를 부여잡고 재빨리 자리를 떴다. 코피를 멈출 시간조차 허락되지 않았다.

· · ·

"아버지, 괜찮아요. 방송이란 게 다 그런 거예요."

"그래도……. 우리 지역은 송이가 나는 산이 아닌

데……."

누군가를 속인다는 게 께름칙했다. 그래서 기택은 망설였다. 그러자 송이가 가득 담긴 싸리 광주리를 들고 서 있던 지영이 가세했다.

"아버지, 좀 맘이 그래도 우리가 불법을 저지르는 것도 아니잖아요. 걍 송이만 따는 척하면 돼요."

"그래요, 아버지. 방송은 보는 사람의 기대와 환상을 심어주는 거예요. 대리만족하는 거라고요. 어느 방송이든 약간의 조작은 있는 거예요. 아님, 작가들이 왜 필요해요."

"난 오빠가 요런 생각을 해냈을 때 완전 천재 인정! 송이 하나에 만원인데, 땅에서 만원을 쏙쏙 줍는데, 누가 안 보고 배겨요."

"……"

자식들의 성화에 결국 기택은 그들의 뜻을 따르기로 했다. 산등성을 올라가는데 또다시 뜨거운 것이 코로 흘러나오려 했다. 완벽하게 지혈을 하지 못한 상태에서 산을 오르니 혈관이 버티지 못한 모양이다. 기택은 자식들에게 들키지 않기 위해 코를 잡고선 서둘러 걸었다. 비릿한 피가 목을 타고 입안으로 넘어 들어갔다.

"헉헉! 우와, 울 아빠 정력 보소. 나르네, 날라."

촬영에 필요한 소품과 장비를 들고 올라오던 지영이 속도 모르고 칭찬을 해댔다. 태경 또한 기택이 대단하다고 생각하며 헉헉거렸다.

어느 정도 산에 오르자 태경이 카메라 동선을 생각하며 소나무 아래로 송이를 심어나갔다. 기택은 이를 바라보곤 쓸쓸한 표정을 지었다. 여전히 내키지 않았다.

"아빠, 나, 쉬 좀 싸고 올게."

지영이 풀숲을 헤치고 사라졌다. 이윽고 송이를 다 심고 내려온 태경이 간략한 동선을 설명했다.

"아버지, 이쪽에서 저 방향으로, 너무 과하지 않게, 원래부터 여긴 송이가 많아서 별거 아니라는 그런 거. 아시죠?"

"웅, 알았다."

"그럼, 레디, 액션!"

기력 없는 기택이었지만 촬영이 시작되면 언제 그랬

냐는 듯이 생기 있는 목소리로 임했다. 어느새 전문 방송인이 돼가고 있었다. 송이를 찾아 두리번거리는 척하며 대사를 날렸다.

"살다 보니까 선물 같은 날들이 있었어. 굳이 노력 안 해도 그런 날들이 있지. 그건 아마도 사니라 고생했다고, 잘 버텼다고, 신이 주는 보상 같은 날들이지. 아이고야, 송이다."

기택은 송이를 따서 광주리에 담았다.

"여도 있네, 하나가 있음, 그 주위에 또 있거든, 어라, 저기도! 봐! 옆에 있지?! 오늘은 내가 말했던 바로 선물 같은 날인가 보네. 하하하!"

기택은 태경이 심어 놓은 길을 따라 주섬주섬 송이를 챙겼다.

"올해 송이가 좀 비싸다는구먼. 특급 1킬로그램에 오십 만원이 넘는대. 나가 요거 보니까 이건 완전 최상급이여. 어라, 저도 있네. 이야, 오늘 잘하면 돈백은 챙기겠네. 좋을 시고, 우헤헤헤."

기택은 덩실덩실 춤을 추며 송이를 채취했다. 태경

은 그런 기택의 연기를 보며 한시름 덜어냈다. 영숙 고모와의 일 때문인지 몰라도 요즘 힘없어 보였던 아버지였기에.

태경은 고향에 내려온 이후로 지금껏 미안한 마음뿐이다. 자신의 빚만 다 갚게 된다면, 지영의 반대가 있더라도 방송을 종료할 생각이다. 남은 아버지의 삶은 자식들이 아닌 본인을 위해 사시게 응원해주고 싶다. 영숙 고모와의 삶도 축복해주고 싶다. 이 추세대로 조금만 더 지나면 모든 게 생각처럼 잘될 것이다. 지영에게도 섭섭지 않은 돈을 주면 될 일이다.

그때였다.

오줌 싸러 갔던 지영의 반색하는 목소리가 들려왔다.

"아빠, 오빠! 이것 좀 봐! 너무 귀여워!"

지영은 품에 뭔가를 안고선 신이 난 표정으로 종종 뛰어왔다.

"오빠, 오빠, 이거 봐, 겁나 귀여워. 근데, 이게 뭐여? 줄무늬를 보면 다람쥐 같은데, 얼굴은 돼지 같고. 뭐야?"

지영이 내민 건 태어난 지 얼마 되지 않은 멧돼지 새끼였다. 새끼일 때는 다람쥐처럼 검회색 줄무늬가 있는데 그것을 알 리 없는 지영은 신기해했다.

"멧돼지 새끼잖아! 너 이거 어디서 났어?"

"아니, 오줌 싸는데, 내 앞으로 와 애교를 떨잖아. 아유 귀여워. 우리 키울까?"

"미쳤어! 너 이거 얼른 가져다 놔! 근처에 어미가 있을 거야. 얼른!"

태경의 말이 끝나기도 전에 숲속에서 거칠게 나뭇가지 흔들리는 소리가 들려왔다. 동시에 집채만 한 어미 멧돼지가 모습을 드러냈다. 그리곤 둘을 향해 무서운 속도로 치달려왔다.

"옴마야!"

지영은 새끼 멧돼지를 던지곤 줄행랑쳤다. 태경 또한 촬영 장비를 던지곤 정신없이 산 아래로 달렸다. 남자인지라 금세 지영을 따라잡았다.

"오빠, 같이 가!"

"어서 뛰어! 주춤대다간 다 죽어!"

"근데, 아버지는?"

"아버지?"

태경은 뒤를 돌아봤다. 멧돼지가 빙빙 돌며 새끼를 확인하더니, 둘을 향해 돌진하려 했다.

"으악! 온다. 일단 피해!"

"으아아악!"

둘은 걸음아 나 살려라, 뒤도 돌아보지 않고 줄달음 쳤다. 넘어지고 뒹굴고, 아랑곳하지 않고 달렸다. 그저 살아야겠다는 욕망만이 둘을 지배하고 있었다. 그렇게 얼마쯤 달렸을까? 더 이상 위협을 느끼지 않는 장소에 도달하자 둘은 비로소 달리는 걸 멈췄다. 그제야 기택의 안위가 걱정됐다. 걱정스러운 표정으로 둘은 산 위를 쳐다봤다.

"어떡하지? 아버지가 못 내려온 것 같아!"

"흑흑, 아빠……. 우리 아버지 어떡해!"

걱정되는지 지영이 흐느끼기 시작했다.

"아이씨, 넌 멧돼지 새끼를 데려오고 그러냐. 이게 다 너 때문이야!"

"내가 알았냐! 오빠가 남자면 우릴 구해야지!"

"남자는 목숨이 두 개냐! 너도 봤잖아! 집채만 한 거!"

"그런다고 아빠를 버리냐!"

"그러는 너는!"

"아씨, 아빠……. 으앙!"

지영이 목놓아 서럽게 울었다. 그때였다. 위쪽 모퉁이에서 무슨 소리가 들려왔다. 놀란 둘은 멧돼지인지도 모른다는 생각에 나무 뒤로 재빠르게 몸을 숨겼다.

"……."

이윽고 기택이 천천히 모습을 드러냈다. 너무 반가워 둘은 한걸음에 달려가 안았다.

"아버지, 괜찮으세요?"

"아빠, 엉엉, 나 때문에 잘못되는 줄 알고 난 흑흑……."

기택은 쓸쓸하게 너털웃음을 지으며 말했다.

"허허, 난 괜찮다. 그깟 멧돼지 새끼."

지영이 화들짝 놀라며 물었다.

"아빠가 잡았어?"

"잡긴, 내가 어떻게 잡아."

"그럼?"

기택은 자식들을 안심시키기 위해 약간의 거드름을 피우며 말했다.

"하, 돼지 새끼는 돼지 새끼더라, 식욕을 이기는 멧돼지는 없지. 지 새끼 버리고 송이 잘 처먹더라! 덕분에 비싼 송이는 다 멧돼지 뱃속으로 가버렸다."

"그깟 송이, 다행이에요. 정말 다행이에요."

태경은 아버지를 버리고 도망쳤다는 죄책감을 덜어냈는지, 두 손을 모으고 기뻐했다. 그리고 어느 정도 안정을 찾자 극단적인 현실을 인식했다.

"아씨, 그걸 찍었으면 대박인데. 조회수 폭발 각인데."

"그러네, 혹시 찍히지 않았을까?"

"그럴 일 없지. 그래도 찍히기만 했으면……. 아씨, 아깝네."

기택은 쓸쓸했다. 자식들이 속상해할 것 같아 말은

안 했지만, 집채만 한 멧돼지와 맞섰을 때, 극한 죽음의 공포를 느꼈었다. 달려오는 멧돼지를 제외한 모든 주변이 하얗게 빛바랬었다. 오직 성난 멧돼지만이 기택의 눈동자에 가득 채워졌다. 오금 저린 두려움에 놓아버린 광주리……. 나뒹구는 송이들……. 그게 불행 중 다행히 되었다. 뒹구는 송이에 달려오던 멧돼지가 바로 코앞에서 멈춰 선 것이다.

"꾸웨엑, 꾸엑! 꿀꿀꿀!"

멧돼지는 뒹구는 송이를 정신없이 처먹었다. 덕분에 기택은 간신히 자리를 피할 수 있었다. 다시는 겪고 싶지 않은 끔찍한 순간이었다.

'다행이야…….'

일단 자신의 무사함에 감사했다. 둘째로 자신에게 달려들었던 멧돼지의 먹성과 배고픔에 감사했다. 그리고 위험을 피해 자신에게 멀어져갔던 자식들의 안전에 감사했다.

자식은 부모를 위해 죽을 순 없어도 부모는 자식을 위해 흔쾌히 죽을 수 있기 때문이다. 너무나 당연한 부모의 마음이다. 기택 또한 그랬다.

더운 바람이 불어온다. 밤이 깊어가는데도 선풍기 바람이 뜨겁다. 근 한 달간 열대야가 기승이다. 지쳐간다. 기택은 물을 마시기 위해 주전자를 들었지만, 물이 없다. 물을 받으러 부엌으로 향했다.

"!"

작은방 방송실엔 컴퓨터만 켜져 있을 뿐, 태경이 없다. 지영의 방을 살폈는데 지영 또한 없다. 그때 담장 밖으로 태경과 지영의 목소리가 들려왔다. 다소 화가 난 말투들이었다. 기택은 물 주전자를 내려놓곤 대문으로 향했다. 이윽고 태경의 짜증스러운 목소리가 들려왔다.

"넌 말도 없이 1억이나 대출을 받고 그러냐!"

"어쩌라고! 이 서방이 가게 좀 늘려야겠다는데. 그러는 오빠는 내 허락 받았어? 누구 맘대로 아버지 방송을 접어! 오빠 빚만 다 갚으면 땡이야! 이건 사기지!"

"아니, 아버지가 힘들어하시잖아."

"6:4! 나한테 6 주려니까 배 아파서 그런 건 아니고!"

"넌 그걸 말이라고 하냐!"

"몰라, 몰라, 몰라, 난 여기서 포기 못 해! 오빠도 정은이 대학 보내려면 고액 과외받아야 한다며! 돈 있어?"

"……."

"이제 막 황금알을 낳으려고 하는데 왜 그래? 아무튼! 나는 포기 못 해!"

"에이씨, 구독자가 안 늘잖아! 이렇게 정체되다간 채널 금방 잊혀."

"그니까, 오빠가 살려야지! 오빠 머리 좋잖아? 아님, 우리 다 죽어. 좋은 생각 있지? 그지? 맞지?"

지영은 속사포처럼 말을 내뱉으며 채근했다.

"그게……. 하나 있긴 한데……."

대문 뒤에서 훔쳐 듣던 기택이 귀를 쫑긋 세웠다.

"뭔데, 뭔데, 뭔데?"

"그게, 아…… 미치겠네."

태경이 괴로운지 머리를 쥐어뜯었다.

"뭔데 그래? 아, 성질 급한 년 숨넘어가겠네."

"이걸 아버지에게 어떻게 말하냐."

"일단 말해보라고! 답답하네!"

지영이 버럭 소리를 질렀다. 그러자 태경이 조심스럽게 귓속말을 했다. 기택은 귀를 더욱 쫑긋 세웠지만, 태경의 말이 들리진 않았다. 이윽고 지영이 심란한 표정을 지으며 떨어졌다.

"정말 대박이긴 한데……. 방법이 좀 그렇다. 아빠가 협조해 줄까?"

"그러니까, 그게 문제지. 아휴, 괴롭다."

괴로운지 태경이 담배를 꺼내 물려 했다. 그러자 지영이 재빠르게 낚아채 담배를 풀숲에 던져버렸다. 화가 난 태경이 지영을 노려봤다.

"너!"

"오빠, 잘 들어! 오빠가 첨에 뭐라그랬어? 돈만 보고 간다 했어, 안 했어? 난 대출 땜에 이판사판이여. 난 오빠 생각대로 해야겠어. 싫음, 빠져! 나 혼자 다 먹을 테니까."

"넌 말을……."

"그럼 오빠가 아버지께 말해. 나보단 오빠 말을 잘 들으니까."

"……. 알았어. 일단 내일 말은 해볼게. 아이참……!"

태경은 짜증을 내뱉고는 집으로 들어오려 했다. 기택은 엉겁결에 대문 옆 창고로 몸을 숨겼다. 지영까지 제 방으로 들어가자 기택은 조심스럽게 마당으로 나왔다. 내일 녀석들이 무슨 말을 할지, 심히 걱정됐다. 분명 좋은 제안은 아닐 것이다. 그럼에도 그들의 제안을 수용하게 될 것이다. 나보단 자식이 먼저이기 때문이다. 제발 별다른 제안이 아니기를……. 기택은 밤새워 고민하다 새벽녘이 되어서야 잠들었다.

"으……."

밤새워 뒤척여서인지, 눈을 뜨는 순간 머리가 아파왔다. 그래서 다시 눈을 감았다. 그때였다. 문밖에서 태경의 목소리가 들려왔다.

"아버지, 일어나셨어요?"

오지 말았어야 하는 순간이 와버렸다.

허름한 실내엔 흥겨운 차차차 음악이 흐르고 있었다. 기택은 젊은 무희와 춤을 추며 교감을 나누었고, 나이가 찬 교습생들은 손뼉을 치며 둘의 흥을 북돋우고 있었다. 태경은 화려한 카메라 무빙을 선보이며 둘의 춤사위를 박진감 넘치게 했다. 지영은 라이브 방송 모니터를 보며 긴장하고 있었다. 간간이 슈퍼챗 후원금이 터지는데도 기뻐하기는커녕 뭔가 어색한 표정을 지었다. 이윽고 기택의 춤은 절정으로 치달았다.

　　그때였다.

　　촬영하던 태경이 오른손을 들어 기택에게 신호를 보냈다. 하지만 춤에 열중한 기택은 한 번에 태경의 손을 보지 못했다. 그러자 태경이 연신 손을 들어 올리며 신호를 보냈다. 다급한 지영이도 함께 신호를 보냈다. 뭔가 꿍꿍이가 있는 게 분명했다. 어느 순간 신호를 본 기택이 알았다는 듯 눈을 찡긋거렸다. 이윽고 멋지게 무희를 끌어안으며 마지막 엔딩 자세를 취했다. 탄성과 함께 박수 소리가 드높았다. 한데…….

"선생님…….."

기택이 무희를 놓아주지 않자, 무희가 기택의 품에서 벗어나려 했다. 그 순간이었다. 기택이 중심을 잃고 쓰러졌다. 무희도 중심을 잃고 함께 쓰러졌다.

"꺄아아악!"

쓰러진 기택의 사지가 경기를 일으켰다. 눈이 뒤집히고 게거품을 물었다. 사람들이 놀라 아우성쳤다.

"아이고 아버지!"

지영은 기다렸다는 듯이 과도한 몸짓으로 쓰러진 기택에게 달려들었다. 태경 또한 걱정된 목소리로 소리를 질렀지만, 결코 촬영을 멈추지 않았다. 기택의 상황이 실시간 중계됐다. 채팅창은 불이 났다. 대다수 걱정하는 글들로 도배됐다.

"어서 119 불러줘요! 어서! 비켜봐!"

태경은 지영을 밀어내고 카메라를 지영에게 맡겼다. 이윽고 기택의 심장에 귀를 가져갔다. 심장이 뛰고 있음에도 태경은 다급하게 소리쳤다.

"이런! 심장이 뛰질 않아!"

태경은 서둘러 응급처치를 시작했다. 고개를 뒤로 젖혀 기도를 확보했다. 입을 벌려 이물질을 제거하고 심폐소생술을 실시했다.

"아버지, 정신 차려요! 하나, 둘, 셋, 넷……. 제발 살아요!"

태경은 울음 섞인 목소리로 애절하게 연기했다. 지영은 적절하게 기택과 태경의 얼굴을 찍어 실시간으로 내보냈다. 채팅창은 어느새 멈춰 있었다. 기택의 응급 상황에 몰입되어 있었다. 그들의 연기에 모두가 깜빡 속고 있었다. 한데…….

'으윽…….'

죽은 척하고 있던 기택의 가슴으로 극심한 고통이 전해져왔다. 흥분한 태경이 과도하게 가슴을 압박한 모양이다. 아무래도 늑골이 부러진 것 같다. 그럼에도 기택은 고통의 소리조차 낼 수 없었다. 그럼 모든 게 허사가 되기 때문이다. 어떤 고통도 참아내야만 했다. 다행스럽게도 밖에서 119 응급 사이렌 소리가 들려왔다. 기택의 상황은 후송되는 중에도 실시간 중계됐다. 응급실에 들어선 후에야 비로소 멈췄다.

"우리 아버지 살 수 있게 모두 기도해 주세요!"

눈물 콧물을 쏟아내는 태경과 지영의 열연은 그렇게 끝이 났다. 태경의 예상은 정확하게 적중됐다. 구독자는 순식간에 50만에 도달했고, 걱정의 후원금이 쏟아졌다. 그럴수록 죄책감이 커져만 갔지만, 기택이 깨어나면 그만일 뿐이다. 셋만의 비밀로 남겨두면 아무도 모르는 촌극이 될 뿐이다.

시간이 흐르고, 기택은 응급실을 나와 1인 병실로 옮겨졌다. 그 와중에도 기택의 모든 모습은 실시간 중계됐다. 혼수상태인 기택의 모습에 슈퍼챗 후원금이 끊이질 않았다.

"아버지, 어서 깨어나세요."

기택의 귀로 지영의 흐느끼는 울음소리가 들려왔다. 언제까지 이렇게 죽은 척하고 있어야 하는지……. 기택은 괴롭기만 했다. 가슴에서 전해오는 통증을 무표정하게 참아내야 하는 게 너무나 고통스러웠다. 게다가 억지로 채워진 소변줄은 기택을 더욱 괴롭게 했다. 처음 소변줄을 강제로 끼울 때 '으악'하고 소리를 지를 뻔했다. 자식들을 위한 극도의 인내가 없었다면 모든 게 허사가 될 뻔했다. 한데……. 병실로 옮기고 난 후 긴장이 풀려서인지 대장에서 슬슬 신호를 보내왔다. 이러다간 누워서 지릴 게 분명했다.

"이상하네요. 늑골에 금이 간 것 빼곤 모든 게 정상인데……. 어쨌든 금방이라도 깨어날 수도 있으니까, 환자가 깨어나면 최대한 안정을 취하게 하세요. 피로가 많이 누적됐네요."

"네, 감사합니다."

의사가 회진을 돌고 나가자 태경과 지영은 안도의 한숨을 내쉬었다. 태경은 문밖으로 누가 있는지 살피곤 실시간 방송을 마쳤다.

"아버님이 휴식을 취해야 해서 오늘 방송은 여기서 마칩니다. 내일 아침에 찾아뵙겠습니다."

방송을 마친 태경은 기택의 귀에 대고 작은 목소리로 말했다.

"아버지, 말씀하시면 안 돼요. 고생하셨어요. 조금만 더 참으세요."

그때 기택이 입을 벌리지 않은 채 옹알댔다. 의미 전달이 분명치 않자 태경이 기택의 입에 귀를 대고 물었다.

"뭐요?"

기택의 벌리지 못한 입에서 힘겨운 목소리가 흘러나왔다.

"똥……."

태경은 난감했다. 들키기라도 한다면……. 태경은 지영에게 밖을 살피게 했다. 지영은 밖을 살폈다. 아무도 없다. 문을 닫은 후 병실 문을 잠갔다.

"아무도 없어! 어서!"

"아버지, 어서 서둘러요. 1분 안에 해결하셔야 해요. 들키면 끝이에요."

기택은 서둘러 자리에서 일어났다. 그런데……. 소변 주머니가 여간 거추장스러운 게 아니었다. 화장실 변기에 앉은 자신의 모습이 초라하게 느껴졌다. 무기력한 한숨이 절로 나왔다. 그때 밖에서 태경의 목소리가 들려왔다.

"죄송해요. 이런 모습 하게 해서. 한데, 구독자랑 후원금이 어마어마하네요. 이번 일 끝나면 우리 방송하는 거 생각해보기로 해요. 아버지가 원치 않으면 그만할게요."

"……."

기택은 대꾸하지 않았다. 심란해서인지 대변까지 쉽게 나오지 않았다. 밖에서 지영의 날카로운 목소리가 들려왔다.

"오빠, 뭔 소리야! 내 말 무시하는 거야? 나 대출받았다고!"

"됐고, 이번 수익 너희 다 줄게. 이삼 년 치 이자는 될 거야. 장사 잘되면 니들 힘으로 갚아. 난 내 힘으로 어찌 살 테니. 아버지 더는 괴롭히지 말자. 나도 사람들 속이는 거 괴롭다. 사실, 이렇게 많은 돈이 쏟아질 줄 몰랐어. 감당 못 하겠어. 두려워."

"아니, 그래도……."

"넌 밖이나 잘 살펴. 들키면 모든 게 끝이야!"

태경의 말에 마음이 한결 편해지는 기택이었다. 그래서인지 아래가 편안해졌다. 기택은 일을 마치고 밖으로 나왔다. 그리고 침대에 누워 스스로 혼수상태가 되었다. 태경과 지영도 긴장감을 내려놓고 휴식을 취했다. 모든 게 그렇게 순탄하게 끝나갈 줄 알았다. 하지만······.

뜻밖의 불청객이 그들의 말을 엿듣고 있다는 걸 꿈에도 생각지 못했다. 그리고 늦은 밤 그들을 찾는 손님이 방문했다.

"오태경씨! 그리고 오지영씨! 당신들을 노인 학대혐의로 체포합니다! 그리고 어르신! 그만 일어나시죠!"

▶ 마지막 방송

병실에서 잠들었던 기택 일행은 늦은 밤 경찰의 방문에 화들짝 놀랐다. 졸린 눈도 제대로 비비지 못한 채 그들은 경찰서로 연행됐다. 모든 사실이 탄로 난 데는 불청객의 신고 때문이었다.

"나쁜 사람들!"

신고했던 불청객은 바로…….

기택을 호송했던 119대원이었다. 너무나 정상적인 심박 수에 약간의 의심이 갔지만 그러려니 했다. 모든 절차를 마치고 가족들에게 후송 확인서를 받기 위해 병실에 들렀다가 모든 상황을 엿듣게 됐다. 괘씸하기 그지없었다. 그는 참지 않았다. 노인학대 혐의로 태경을 경찰에 신고함은 물론이고 일련의 상황을 대형 커뮤니티에 올려버렸다. 그 여파는 엄청났다. '어떻게 제 아비 목숨을 가지고 장난치냐!', '파렴치한!', '인간말종!', '가족 사기꾼!' 등등 끊임없는 질타가 쏟아지고 있었다.

"우리 애들 잘못 없어. 다 내가 꾸민 일이여. 잡아가려면 제발 날 잡아가!"

기택은 소변줄을 매단 채로 붙잡고 늘어졌지만, 자식들의 경찰서행을 막지 못했다. 그의 눈물 어린 하소연은 경찰서에 와서도 계속됐지만, 반응은 차갑기만 했다.

"어르신, 노인 학대 신고가 들어온 이상, 조사는 해야 합니다."

"학대는 무슨! 아니야, 내가 스스로 한 거라니까! 진짜여! 제발 믿어줘……."

목에 핏대를 세우며 항의를 하다가도 이내 눈물을 글썽이며 매달렸다. 하지만 돌아온 건 형사의 거친 핀잔이었다.

"어르신! 이게 얼마나 큰일인 줄 아십니까! 세상 사람들 속여 돈을 벌면 됩니까? 안 됩니까?"

"안 되지, 안 돼. 내가 어리석었네. 그러니, 우리 애들 좀 놔주고 날 잡아가소. 제발!"

"알았으니까, 협조하세요. 그래야 자식들도 빨리 풀려납니다."

"아버지, 그렇게 하세요. 여긴 제가 알아서 할게요."

"아빠, 흑흑, 우린 어떡해……."

지영이 흐느끼자 기택은 가슴이 찢어질 것만 같았다. 이렇게는 도저히 발이 떨어지지 않았다. 기택은 경찰서 바닥에 주저앉으며 소리쳤다.

"우리 애들 안 풀어주면 한 발자국도 안 옮길 거야! 제발 풀어줘!"

보다 못한 형사가 다른 형사에게 내보내라며 손짓했다. 그러자 형사 둘이 달려들어 기택을 들어 밖으로 나갔다. 발버둥 쳐봤지만 허사였다. 경찰들은 기택을 태워 집까지 바래다줬다. 바래다주는 경찰차 안에서도 손이 발이 되도록 빌고 또 빌었다.

"그럼, 이제 우리 애들은 어떻게 되는 거야? 깜빵 가는 거야?"

"아, 그게 골치 아픕니다. 벌금으로 끝날 수 있었던 일이었는데, 누가 인터넷에 올려 일이 커졌습니다. 구속하라고 난리가 아닙니다. 아무래도 구속될 것 같습니다."

"뭐! 구속!!"

기택은 하늘이 무너져 내리는 것 같았다. 일이 이렇게까지 커지도록 막지 못한 자신이 한탄스러웠다. 경찰차가 떠나자 기택은 대문 앞에 주저앉아 통곡했다.

"우얄꼬, 우리 새끼들, 내가 미친놈이여, 내가! 나 때문에 우리 귀한 새끼들이, 으아아아!"

기택의 아우성에 물을 길어오던 상철이 깜짝 놀랐다.

"기택아, 왜 그냐? 무슨 일 있냐?"

기택은 상철을 보곤 벌떡 일어나 상철의 멱살을 잡았다.

"너지? 너가 신고했지? 우리가 잘나가니까 배 아파서!"

"뭔 말이야? 이거 놓고 말해."

"너 맞지? 너밖에 없어! 이제 어쩔 거야! 우리 새끼들 깜빵 가면 너 죽고 나 죽고 야!"

눈 뒤집힌 기택은 상철의 멱살을 쥐고 마구 뒤흔들었다. 상철은 더는 참지 못하고 기택의 팔을 뿌리쳤다. 발라당 넘어진 기택 위로 상철의 목소리가 덮쳤다.

"미친 놈아! 뭔 일인지 알아야 내가 돕기라도 하지!"

"정말, 너……. 아녀?"

"아니라고!"

"……. 으흑, 상철아, 우리 똥강아지들 어쩌냐, 감옥 가면 어쩌냐. 막아야 해. 내가 막아야 해. 절대로 감옥 안 보낼 거야. 어떡해……. 한데 내가 무슨 수로……."

기택은 답답한 마음에 자신의 가슴을 치며 흐느꼈다.

"아 뭔 일이냐? 답답하네. 태경이랑 지영이 안 보이는 거 보니, 방송에 문제 생겼냐?"

"나 때문에 경찰서에 잡혀갔어……. 사기 방송 때문에……."

"사기……. 방송이 무슨 사기가 있어……. 방송을 어

떻게 했길래……."

상철의 말에 순간 번쩍이는 것이 있었다. 기택은 벌떡 일어나더니 상철을 이끌었다.

"니가 도와줘야겠다. 우리 새끼들 구하려면 네 도움이 필요해!"

"뭘?"

"내가 구할 거야. 우리 새끼들 내 손으로 구할 거야. 이 아비가 꼭 구할 거야."

그 시간 태경과 지영은 모든 혐의를 인정하고 있었다.

"제가 돈에 눈이 멀어……."

"아닙니다. 저 때문이에요. 오빠는 그만하자고 했는데……. 으흑! 제 잘못이에요."

지영은 서럽게 대성통곡하기 시작했다.

"제가 대출만 안 했어도."

보다 못한 형사가 소리를 내질렀다.

"뭘 잘했다고 그렇게 크게 울어요! 그쳐요!"

지영은 주눅이 들어 소리 죽여 흐느꼈다. 그때 형사 하나가 다가와 노트북을 내밀었다. 화면 안으로 초췌한 기택의 모습이 보였다.

상철의 도움을 얻어 기택의 라이브 방송이 시작되고 있었다. 이내 채팅창은 욕설로 도배됐다. 빨갛게 충혈된 기택의 눈에선 사죄의 눈물이 흘러내리고 있었다. 이윽고 기택은 무릎을 꿇더니, 두 손을 모아 비비며 울먹였다.

"나야, 라떼할배. 나가 정말로 미안해, 근데, 우리 애들은 하나도 잘못 없어. 참말이여. 다 내 잘못이여. 나가 거짓부렁이했어. 노망난 놈이 돈에 눈이 멀어……. 나가 다 그런 거니 제발 경찰들에게 우리 애들 잘못 없다고 전화 한 통만 해줘. 뻔뻔한 거 알아, 난 그게 그렇게 큰 죄인 줄 몰랐구먼. 난 그냥 빚더미에 앉은 애들 도와주려고……."

복받쳐 오르는 감정에 기택은 고개를 숙였다. 기택의 어깨가 서럽게 들썩였다. 그 모습을 지켜보던 태경과 지영은 낮게 흐느꼈다. 기택의 모습이 너무나도 안타까웠고 애처로웠다. 하지만 둘은 어떤 것도 할 수 없었다.

"봐요, 이런 아비를 두고……. 그렇게 하고 싶었어요!"

지영은 목놓아 울기 시작했다.

• • •

기택은 자신이 만든 굴레를 어떻게든 자신의 손으로 끝내야만 한다 생각했다. 구독자들에게 간절한 마음을 전하려 애썼다. 진정성을 다해 흐느끼며 읍소했다.

"나가 욕심이 너무 많았어야, 너무……, 근데 참 좋았어……, 참 많이 좋았어. 애들 어미 죽고 보기 힘든 애들이었는데, 방송한다고 내 앞에 있는데 얼마나 좋았는지, 잠 안 자도 행복했어. 너무 좋아서 똥인지 된장인지 몰랐던 거야. 그저 좋아 바보처럼 눈이 먼 거야. 애들이 빚에 허덕여 죽을 생각까지 하는데, 부모로서 어찌 가만히 있을 수 있겠나. 부모가 언제 죽는지 아요? 숨넘어갈 때가 아니오. 부모는……. 자식에게 더 이상 뭘 해줄 수 없을 때, 줄 게 아무것도 없을 때, 그래

228

서 날마다 무능하다고 스스로 자책하며 살아갈 때, 그때는 살아도 산 게 아니란 말이요. 요고 방송하면 돈이 된다고 해서, 우리 애들 돈 많이 벌어주고 싶었단 말이오. 막, 그냥 막 억수로 벌어서……. 근데 여러분들 덕분에 돈이 생기니 얼마나 좋았겠소. 애들 얼굴에 웃음꽃이 피어나고, 훌륭한 부모가 된 것 같고, 아직은 내가 자식들에게 쓸모 있는 존재구나……. 넘나 좋아 자다가도 벌떡 일어나 덩실덩실 춤추고 싶었소. 그래서 해서는 안 될 어리석은 욕심까지 내고 말았어. 흑흑, 미안해요. 내가 정말 미안해."

기택은 다시 한번 정성스럽게 두 손을 모아 간절하게 읍소했다.

"이게 다 내 잘못이니, 제발 경찰서에 전화 한 번만 해주오. 날 철면피라 욕해도 좋으니까 전화 한 통화만 해주소. 우리 새끼들은 아무 잘못 없으니 풀어주라고……. 제발……. 노인 학대 아니고 다 내가 알아서 한 거란 말이요. 제발!"

하지만 기택의 하소연에도 반응은 싸늘했다. 그러다

채팅창으로 '세상에 공짜가 어딨어. 노래라도 하던지.' 란 메시지가 기택의 눈에 들어왔다. 기택은 벌떡 일어나 노래를 부르기 시작했다.

"응, 할게, 노래할게. 내가 춤도 출게. 이 세상에 부모 마음, 다 같은 마음—."

기택은 자식들이 풀려나길 바라며 간절하게 불렀다.

"아들딸이 잘되라고—, 행복하라고—."

그때였다. 시청자 중 한 명이 그걸로 부족하다며 옷이라도 벗고 노래 부르면 생각해보겠다는 글이 올라왔다. 그러자 단결이라도 한 듯이 '벗어라!'라는 글로 도배가 됐다. 노래 부르던 기택의 눈에도 그 글귀가 눈에 들어왔다. 기택은 한치도 망설이지 않았다. 자식들의 안위를 위해서라면 못할 게 무언가!

"응, 벗을게, 벗어. 마음으로 빌어주는 박 영감인데—"

앙상한 기택의 몸이 서서히 드러나기 시작했다. 군데군데 검버섯을 머금은 채 얇아져 흘러내리는 피부…… 뼈가 드러난 앙상한 상체 모습에 채팅창은 낄

낄대며 기택의 모습을 비웃어댔다. 보다 못한 상철이 말렸다.

"아야, 그만햐."

"아냐, 비켜! 이렇게 하면 전화해준다잖아!"

"아녀, 이놈들 너 놀리는 거여."

"아니야. 해준다고 약속했어. 그지? 해줄 거지."

"정신 차려라, 기택아!"

기택은 말리는 상철을 힘껏 밀어냈다.

"비켜! 니가 뭔데 막고 그래. 우리 애들 감옥 가면 책임질 거야―! 노랭이라 비웃으며 욕하지 마라―."

하지만 기택의 의도대로만 돌아가지 않았다. 상철의 말처럼 그들은 기택을 욕보이는 재미로 대동단결하고 있었다. 어느새 기택은 그들의 장난감이 되어 있었다. 덫에 걸린 반항할 수 없는 생쥐 신세였다. 이내 채팅창은 바지도 벗으라는 문구로 도배되기 시작했다.

"웅, 그래, 벗을게. 이미 벗으려고 했어. 이래 봬도 나에게도 청춘은 있다―."

가식적인 미소까지 지으며 바지를 벗었다. 노래 가

사와 달리 기택의 하체에는 지난날의 청춘은 존재하지 않았다. 앙상한 세월의 흔적만이 패이고 패여 부러질 듯 위태로웠다.

"원더풀―, 원더풀―, 아빠의 청춘―."

낡아빠진 남색 트렁크 팬티가 애처롭게 하늘거렸다. 폭력은 잔인하다. 한번 시작한 폭력은 결코 멈추려 하지 않는다. 끝내 끝을 보려 한다. 폭력의 속성이다. 팬티까지 벗으라는 요구는 당연한 것이었다. 보다 못한 상철이 화면을 가리며 소리쳤다.

"뭐 하는 짓들이야! 노인네가 불쌍하지도 않아! 너들은 악마야! 야이 나쁜 자식들아!"

그때였다.

기택의 주먹이 날아와 상철의 뒤통수를 강타했다.

"네가 뭔데! 가로막아! 전화해준다잖아! 우리 새끼들 구해준다잖아! 구해준다고! 웅, 다들 걱정하지 마. 내가 벗을게 벗어! 내가 지금 벗을게."

기택은 팬티를 벗으며 노래를 부르려 했다. 상철은 기택을 강제로 안으며 화면을 막아섰다. 이대로 방송을 탄다면 평생 기택의 벌거벗은 모습이 인터넷을 떠돌아 다닐 것이다. 더 과한 표현이 더해져 비웃음당할 게 뻔했다. 그렇게 내버려 둘 순 없다.

"기택아, 제발 그만해! 정신 차려―!"

"놔! 놔! 놓으란 말이야!"

기택은 발버둥 쳤지만 상철 또한 물러서지 않았다. 기택은 상철의 품에 안겨 흐느꼈다.

"제발, 놓으란 말이야……. 내 새끼들이 죽어가……. 내 귀여운 똥강아지들……. 부라보……. 부라보……. 아빠의……. 인……생……. 제발―!!"

기택은 저항을 멈추지 않았다. 서럽고 서러웠다. 자식들을 위해 팬티 내리는 것은 그에게 정말 아무것도 아니다. 그 처절한 순간에도 기택은 자신의 무능을 탓했다. 그리고……. 그 서러움이 복받쳐 오르다 못해 둑을 넘쳐날 때, 자신의 인생이 너무나 불쌍하게 느껴졌다……. 결국, 기택은 아이처럼 울음을 터트리고 말았다.

"우리 새끼들 진짜로 잘못 없단말이오. 한 번만, 딱

한 번만 용서해 주시오, 한 번만······. 크흑."

기택의 어깨가 들썩였다.

"제발······. 한 번만 전화 좀 해주오······. 내 빤수 내릴 게. 빤수······. 상철아 제발 나를 그냥 놔줘······."

상철은 기택의 눈동자에서 거부할 수 없는 어떤 기운을 느꼈다. 그도 더는 말릴 수 없다는 걸 알았다.

"기택아, 제발······."

기택은 슬픈 눈을 하고 힘없이 팬티를 내리려 했다. 그 순간 태경과 지영의 목소리가 공간에 울려 퍼졌다.

"아버지!"

"아빠, 제발 그만해, 제발!"

태경은 홑이불을 가져와 기택의 앙상한 몸을 감쌌다.

"아이고, 우리 똥강아지! 괜찮아? 흑흑 내 사랑하는 이쁜 내 새끼들. 어디 보자, 내 새끼들아."

기택은 태경과 지영을 안고 흐느꼈다. 보다 못한 경찰들이 둘을 데리고 기택을 말리기 위해 급히 온 것이다.

"당신들, 뭐 하는 짓이야! 당신들이 하는 짓도 노인학대, 폭력이야! 사이버 수사대에 신고할 수도 있어!"

보다 못한 경찰이 화면에 대고 소리쳤다. 그러자 답글과 접속자 수가 급속도로 줄어들었다. 경찰이 방송을 종료했다.

"아빠, 미안해. 아빠⋯⋯."

"아버지 죄송해요. 이런 수모를 겪게 해서⋯⋯. 흑흑."

"아니다. 아니다. 너들이 이리 있으니 됐다. 난 괜찮다. 난 괜찮아⋯⋯."

셋은 서로를 부둥켜안고 한동안 흐느꼈다. 고통 속에서 서로를 이해하고 있었다. 미안함, 안타까움 등으론 표현이 안 되는 뜨거운 무언가가 그들을 쇠사슬처럼 꽁꽁 묶고 있었다. 평소 미처 깨닫지 못했던 가족이라는 뜨거움이었다.

"아빠⋯⋯. 사랑해요⋯⋯."

"아버지, 저도⋯⋯."

"그래, 우리 이쁜 새끼들, 나도⋯⋯. 나도⋯⋯. 많이 사랑한다. 아주 많이⋯⋯."

폭풍 같았던 기택씨의 마지막 방송은 그렇게 끝이

났다. 약간의 벌금을 냈고 후원금은 환불 처리됐다. 태경와 지영은 또다시 힘겨운 자신의 일상으로 돌아가야만 했다.

에필로그

금자의 무덤 앞으로 제수 음식과 함께 소주잔에 소
주가 따라졌다.

태경과 지영은 금자의 무덤에 대고 절을 했다. 기택
은 말라 비틀어가는 채송화 옆에 앉아 하늘을 올려다
봤다. 늦가을 하늘이 무척이나 푸르고 고즈넉했다. 간
간이 들려오는 뻐꾸기 소리만이 금자의 무덤 옆으로
핀 노란 국화꽃 위로 흩어졌다. 모든 게 평화로웠다. 기
택은 속으로 속삭였다.

'금자야, 이렇게 뜨거웠던 한해가 또 간다. 너도 즐거
웠지?'

그때 지영이 옆으로 와 앉았다.

"언제 또 국화꽃을 심었대. 예쁘네."

"네 엄마가 꽃을 좀 좋아했니."

"울 아빠 덕분에 엄마는 철 따라 꽃구경하고, 엄마는 넘 좋겠다. 우리 이 서방도 이럼 얼마 좋아."

"왜? 이 서방이 못하나."

"아냐, 아냐, 넘 잘해요. 걍, 두 분 보기 좋아서요."

지영은 기택의 손을 잡고 다독였다. 그리고 한참 동안 기택을 그윽한 눈으로 바라봤다.

"왜? 뭐 묻었냐?"

"아니, 그게 아니고. 오빠랑 이야기해 봤는데요…….."

무슨 일인지 지영이 뜸을 들였다.

"편하게 말해봐라."

"그게……. 영숙이 고모…….."

짐작했던 말인지, 기택이 되레 지영의 손을 다독이며 말했다.

"지영아, 난 네 엄마에게 늘 미안한 마음으로 살았다. 행여 지난 사랑으로 인해 온전히 네 엄마를 사랑하지 못하고 있는 건 아닌지, 마음에 문을 닫고 사는 건 아닌지, 늘 의심하고 미안해 했다. 한데, 너들 엄마 보내고 알았다. 그마저도 금자라는 세상 속에서 누리는 호사였다는 걸. 빛바랜 사진을 그리워하는 건 어쩔 수 없겠지, 하지만 내가 사랑하는 단 한 명의 여자는…….
내 여자 금자. 너희들의 엄마 금자다. 지금도 많이 사랑한단다. 여기 꽃들처럼 나도 금자에게 여전히 예뻤으면 좋겠구나."

"아빠……."

지영이 글썽이는 눈으로 기택의 어깨에 기대었다. 깡마른 어깨였지만 그 어느 때보다 아빠의 어깨가 포근하게 느껴졌다. 아빠의 자식으로 태어난 게 너무나도 좋았다. 태경도 옆으로 와 앉았다.

"아버지 자주 찾아뵐게요."

"그럴 것 없다. 찾아올 시간 없이 바쁘면 그게 최고인 거다."

"노력할게요."

"일 없대도. 옛날엔 너들 찾아오기만을 손꼽아 기다

렸는데, 그게 영 못난 짓이었던 기라. 세상이 이리 변했
는데. 너들 안 와도 내 찾아갈 거다. 슬며시 찾아갈 테
니, 가끔 시간 나면 놀러 오니라."

"그게 무슨 말이에요?"

"그런 게 있다. 배운 게 도둑질이라 안 하나. 가자!
길이 멀다."

기택은 앞장섰다. 그 뒤로 지영이 팔짱을 끼며 따랐
고, 태경은 제수 음식 보자기를 들고 따랐다.

"뻐국! 뻐국!"

흔들리는 노란 국화만이 손을 흔들 듯 가을바람에
흔들리며 그들을 배웅하고 있었다.

· · ·

태경의 트럭이 면사무소 앞에 멈춰서 있었고, 경호
가 태경에게 돈 봉투를 내밀었다.

"네가 갚았던 돈이야, 나머지 문제 해결해."

"아니야, 내가 알아서 할게."

"어허!"

"진짜 아냐, 세상도 어느 정도 안정되고, 마누라가 그러는데, 장사 잘된대, 손 귀하다고 어서 올라오라 했어."

태경은 자존심에 극구 거부했지만, 경호는 트럭 안으로 돈 봉투를 집어 던졌다.

"마누라도 모르는 돈이야, 어차피 걸리면 다 뺏기고, 맞아 죽어! 하여튼, 도 감사 준비 땜에 바빠서 이만 들어갈게."

경호는 태경의 가슴을 주먹으로 살짝 치고선 서둘러 들어갔다. 정말 고마운 친구다. 태경은 그의 뒷모습에 한없이 따뜻한 우정의 미소를 보냈다. 트럭에 올라 출발하려는데, 면사무소 2층 창문이 활짝 열리더니 경호가 얼굴을 내밀며 소리쳤다.

"오태경! 겁나 멋진 오태경! 파이팅이다!"

경호는 환한 미소와 함께 손을 연신 흔들었다. 태경은 낮게 주절이곤 그를 향해 손을 흔들었다.

"속없는 놈⋯⋯. 그래, 너도 파이팅이다! 진정한 친

구 장경호야!"

• • •

　기택의 하루는 이전으로 돌아갔다. 자식들이 떠난 빈자리가 너무나 크게 느껴졌다. 그럼에도 이전처럼 무기력하진 않았다. 자식들과 함께한 시간이 허투로는 아닌 듯싶다. 가만 앉아 있는 것보다 무언가를 하며 움직이는 게 더 낫다는 걸 알게 됐다. 그리움은 그리움대로 값어치가 있겠지만 움직이다 보면 현실이 될 수도 있다는 걸 알게 됐다. 아무리 늙어도 마음을 바꿔먹으면 세상도 달리 보이게 된다는 걸 알게 됐다. 그래서인지 그 어느 때보다 활기찬 하루의 연속이었다. 어쩌면 덤 인생을 사는 행복을 만끽하고 있는지도 모르겠다.

　"야이, 미친놈아! 아이고, 야 때문에 미치겠네!"

　"형님, 물이 넘 차요! 있던 고기도 숨어뿌요! 우웩!"

　개울가에서 상철과 철호가 유튜브를 찍는다고 난리다. 기택이 했던 인기 회차를 따라 하고 있었다. 전날

과음이 심했는지, 철호가 비틀거리며 족대를 들고 넘어지다 토를 했다.

"야이, 넌 프로 정신이 없어! 오늘 방송을 찍는 줄 알면서도 술을 그렇게 처먹냐? 에고, 모질아!"

"형님, 지금 모지리라 했소! 나 안 해! 갈 거야!"

철호가 족대를 집어 던지고 가려 했다. 그러자 상철이 발로 물을 차며 분풀이했다.

"그래, 그대로 쭉, 저승사자 앞으로 가라! 잉, 남자는 직진이제!"

꺼림칙했나보다. 철호가 살짝 돌아가며 소리쳤다.

"아닌데, 나 이짝으로 돌아가려 했는데! 글고, 나 가는데 감 놔라 배 놔라 하지 마요!"

"참나……."

상철이 투덜거리며 돌아서는데, 길 위로 낫을 든 기택이 보였다. 상철은 반색하며 소리쳤다.

"오, 진정한 프로 오기택님! 나의 영원한 우상 오기택님!"

"뭔 개소리냐! 할 말 있음 바로 말해."

"잉, 잘해보려 했는데, 철호 못 쓰것다. 너 나랑 같이 방송하자."

"구독자 몇 명이나 되는데?"

"구독자? 한 30명 되나?"

"그래, 열심히 해봐라. 난 다신 방송 안 한다. 응원할게."

"야, 그러지 말고, 기택아, 기택아!"

상철은 소리쳐 부르며 개울가로 올라오려 했지만 연신 미끄러졌다. 기택은 아랑곳하지 않고 제 갈 길을 갔다.

• • •

"여기 짬뽕 2개에 탕수육 대자요!"

"네!"

태경은 서빙을 하며 탁자에 놓인 태블릿을 흘낏, 흘낏 쳐다보았다. 그 안으로 기택이 깨를 베고 있었다. 어느 정도 시간이 흐르고 기택이 힘든지 쉬기 위해 화면 앞으로 왔다. 그리고 수확한 커다란 호박에 앉아 막걸리를 따라 시원하게 마셨다. 태경은 흐뭇한 미소를 지었다. 그때 댓글 창으로 하트 이모티콘이 커다랗게 터졌다. 지영이 보낸 것이다. 그러자 기택이 일어나 제로투 댄스를 어설프게 췄다.

"하트 감사, 감사! 오늘도 우리 딸 행복한 날 되시고—!"

손 하트를 마구마구 날렸다. 구독자는 12명에 불과했다. 기택이 자식들을 위해 비공개 개인 방송을 한 것이었다. 그 난리 이후 기택은 자식들을 무작정 기다리기보단 찾아가는 부모가 되려 노력하고 있었다. 그 모습에 태경의 얼굴에도 함박웃음이 지어졌다.

"여보, 손님 왔잖아, 여기 테이블 얼른 치워야지!"

아내 경숙의 채근에 태경은 100점 이모티콘을 누르곤 빠르게 자리를 떴다. 이윽고 기택의 목소리가 들려왔다.

"100점 고마울시고, 우리 아들은 천점 아니 만점, 아니 억만점……."

기택의 환한 웃음과 어설픈 춤은 그 이후로도 한동안 계속됐다. 다 익은 깨 열매가 마지막 가을볕에 톡톡 터져나갔다.

세상 모든 부모님께 이 이야기를 바칩니다.

아버지를 구독해주세요

초판 1쇄 인쇄 2025년 10월 22일
초판 1쇄 발행 2025년 10월 30일

글 정태화
펴낸이 하인숙

기획총괄 김현종
책임편집 백상웅
마케팅 김미숙
디자인 표지 말리북 **본문** 정현옥

펴낸곳 더블북
출판등록 2009년 4월 13일 제2022-000052호
주소 서울시 양천구 목동서로 77 현대월드타워 1713호
전화 02-2061-0765 **팩스** 02-2061-0766
블로그 https://blog.naver.com/doublebook
인스타그램 @doublebook_pub
포스트 post.naver.com/doublebook
페이스북 www.facebook.com/doublebook1
이메일 doublebook@naver.com

© 정태화, 2025
ISBN 979-11-94445-2-2 (03810)